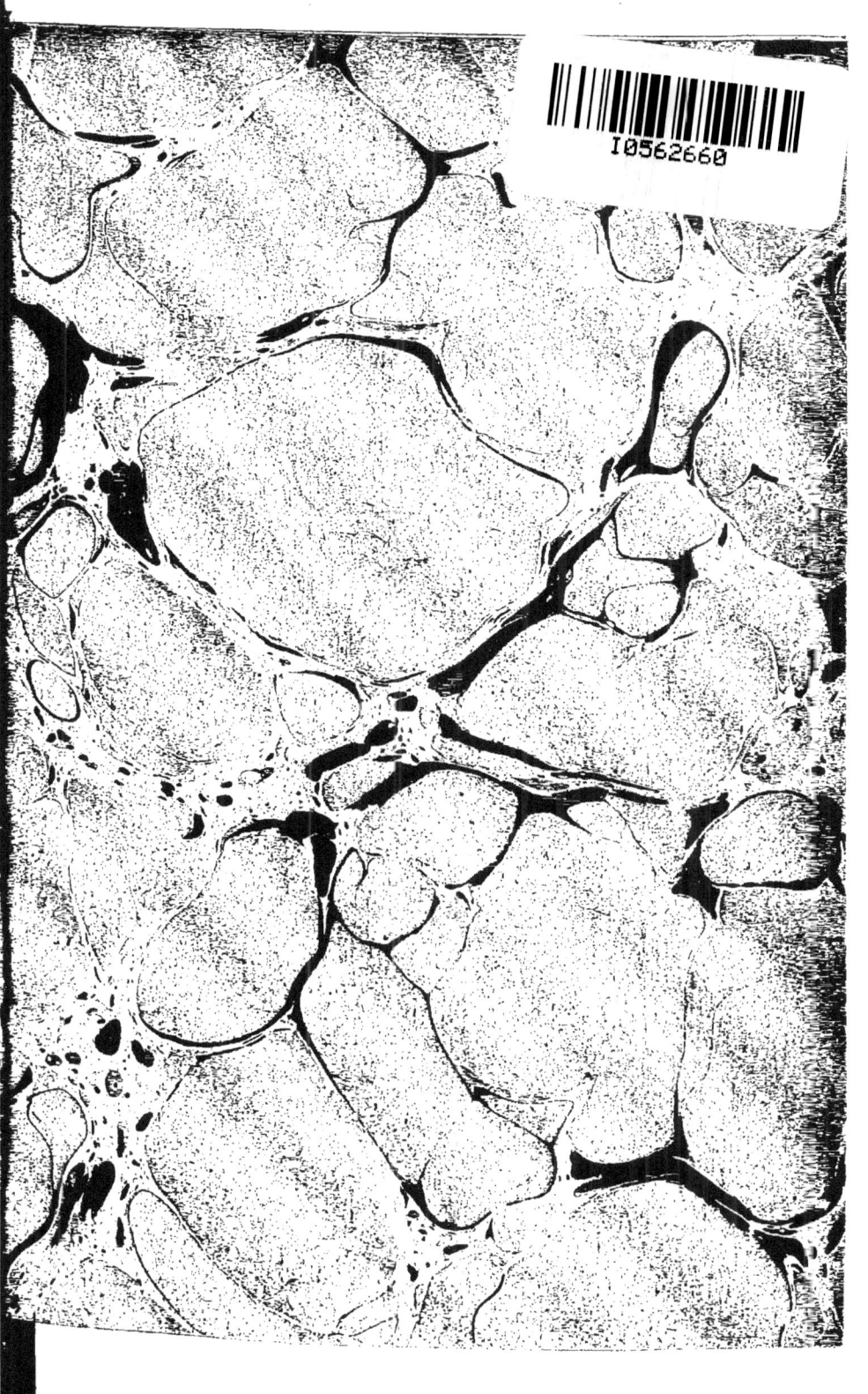

Dr LUTAUD

AUX

ÉTATS-UNIS

NOUVELLE ÉDITION

PARIS

ERNEST FLAMMARION, ÉDITEUR

26, RUE RACINE, PRÈS L'ODÉON

NEW-YORK

BRENTANO'S, 31, UNION SQUARE

1897

AUX

ÉTATS-UNIS

DR LUTAUD

AUX

ÉTATS-UNIS

NOUVELLE ÉDITION

PARIS

ERNEST FLAMMARION, ÉDITEUR

26, RUE RACINE, PRÈS L'ODÉON

NEW-YORK

BRENTANO'S, 31, UNION SQUARE

1897

PRÉFACE

———

Je ne puis que remercier mes nombreux amis des deux mondes qui ont accueilli avec autant d'indulgence ces quelques notes de voyage qui étaient surtout destinées à mes intimes et ne s'attendaient nullement aux honneurs de la réimpression.

Je me sens néanmoins enhardi devant ce succès relatif et je livre avec plus de confiance mon petit livre dans l'espoir qu'il sera apprécié par tous ceux qui s'intéressent aux grands pays d'outre-mer et qu'il développera chez mes compatriotes le goût des voyages.

J'espère pouvoir entreprendre en 1898 une nouvelle excursion qui me permettra de compléter mon œuvre et de présenter aux lecteurs français la description de l'Amérique de l'Ouest et du Pacifique.

Février 1897.

——— ———

PRÉFACE

Parodiant un titre célèbre, ce livre pourrait s'intituler : *Trente ans ou la vie d'un voyageur* ; la passion des voyages est comme celle du jeu ; elle ne quitte jamais l'homme dont elle s'est emparé.

Il y a, en effet, trente ans, que j'ai pour la première fois, en 1865, foulé le sol américain depuis cette époque, je n'ai cessé de suivre avec le plus vif intérêt l'évolution de ce peuple merveilleux et, dans le récent voyage que je viens d'effectuer, j'ai pu comparer le New-York d'il y a trente ans avec celui d'aujourd'hui : J'ai trouvé les huttes des premiers pionniers remplacées par des villes de cent mille habitants ; j'ai vu l'immense prairie du Michigan, naguère foulée par le buffle et l'Indien, couverte de cette fourmilière humaine qui s'appelle Chicago.

Ne sont-ce pas là des choses stupéfiantes, bien capables d'exciter l'étonnement de l'Européen et bien capables surtout d'excuser le voyageur qui cherche à fixer par quelques notes le souvenir des merveilles qu'un trop rapide voyage lui a permis d'entrevoir.

C'est ce que j'ai tenté dans ce petit livre.
Il m'a fallu bien des efforts pour éviter le
lyrisme déclamatoire dans mes formules d'admiration, pour rester dans le terre-à-terre
d'une description utile à ceux qui seraient
tentés de faire, comme moi, le voyage le plus
intéressant qui se puisse rêver.

J'ai parcouru une partie de l'Amérique du
Sud ; j'ai admiré les riches Antilles ; j'ai vu
au Pérou, les restes de la civilisation des
Incas ; j'ai visité l'Europe, l'Italie, l'Espagne,
l'Orient ; j'ai médité sur les ruines d'Athènes,
de Pompéi, de Carthage et de Memphis ; j'ai admiré les plus précieux monuments de l'art arabe;
aucun de ces voyages ne m'a laissé les impressions ineffaçables de vie, de grandeur et de
mouvement que j'ai rapportées de la grande
République américaine. Un voyage aux Etats-
Unis offre un des plus grands sujets d'étude
qui se puisse concevoir ; c'est un champ
immense d'observations.

Si l'on n'y trouve pas les monuments qui
font la gloire de l'antiquité et les souvenirs des
civilisations passées, le voyageur y rencontre
tous les progrès de l'industrie moderne ; le touriste y admire les sites les plus grandioses.
Quoi de plus grand, en effet, que le Niagara,
la vallée du Yosémite, le Parc national ? Nos
grands fleuves d'Europe sont des ruisseaux à
côté du Saint-Laurent et du Mississipi ; nos

grands lacs sont des étangs comparés au Michigan, à l'Erié et à l'Ontario. Il faut six jours pour se rendre en chemin de fer de l'Est à l'Ouest et quatre jours du Nord au Sud.

N'y a-t-il pas là des éléments capables d'attirer le touriste et l'arracher, pour un été, aux sempiternelles villégiatures de la Suisse et des plages normandes ?

J'achèverai peut-être d'entraîner la conviction en disant qu'un voyage aux Etats-Unis est, au point de vue pratique, une des choses les plus simples et les plus terre-à-terre. On ne dépense pas plus qu'en Europe, les Compagnies de navigation vous transportent rapidement et économiquement sur des bateaux qui ne sont, en somme, que d'excellents hôtels. Les chemins de fer sont des modèles de confortable et de vitesse. On y trouve partout la propreté, le confort et des hôtels qui valent mieux que ceux de la Suisse. Je puis ajouter que les Français sont généralement bien accueillis aux Etats-Unis. Afin de ne pas donner trop d'orgueil à mes compatriotes, je me contenterai de dire que c'est parce qu'ils sont rares dans un pays où l'on compte par centaines de mille des Allemands et des Italiens dont l'importation par trop encombrante finit par inquiéter les Américains.

Je terminerai cette petite note suggestive en disant qu'on peut effectuer un voyage en

Amérique pendant le temps que beaucoup de travailleurs consacrent à leurs vacances. Six semaines suffisent à la rigueur, en comprenant la traversée, pour visiter les États-Unis, du moins la côte Est qui est la plus intéressante. Je déclare, du reste, que tout voyageur qui sera allé en Amérique une première fois fera comme moi ; il y retournera.

C'est pour servir de guide au touriste et pour fournir une lecture instructive à celui qui ne peut voyager, que je me suis gardé de donner à ce petit livre la forme vague et exclusivement littéraire des auteurs impressionnistes. Je me suis efforcé de contenir mon enthousiasme, de le canaliser sous la forme de chapitres bien étiquetés, d'introduire, en un mot, dans mon ouvrage, l'ordre et la méthode qui me paraissent indispensables à une description qui relève toujours plus ou moins de la géographie.

C'est ainsi que j'ai décrit avec un peu d'ordre les moyens de locomotion maritime, urbaine et interurbaine ; les hôtels, les habitations, etc. En parlant des villes, j'ai dû introduire quelques chiffres relatifs au commerce, à la population, etc. Ce n'est guère poétique, mais cela m'a paru indispensable.

Étant moi-même un voyageur invétéré, j'ai remarqué que le touriste parcourait toujours avec plus d'intérêt les pays dont il connaissait

l'histoire, les mœurs, les religions et la politique. J'ai donc cru pouvoir consacrer quelques chapitres à l'étude de la société et des
habitudes américaines qui passent justement
pour différer considérablement des nôtres. A
côté de l'étude des religions qui sont adoptées
en Europe, le lecteur lira avec quelque intérêt
des détails sur les *Shakers*, les *Mormons*, les
Perfectionnistes et autres sectes excentriques
qui ont encore de sérieuses racines dans le
Nouveau-Monde. Enfin, j'ai cru devoir exposer
le mécanisme politique par lequel se meut la
Grande Nation ; j'ai dû donner, à cet effet, un
résumé de la Constitution américaine et en
expliquer le fonctionnement. C'est là un sujet
trop actuel pour ne pas être accueilli avec intérêt par des lecteurs français.

Je dois dire un mot, en terminant, aux
nombreux amis que je compte dans le Nouveau-Monde. J'ai exprimé si souvent mon
admiration pour les Américains que je crains
d'augmenter la dose d'orgueil déjà démesurée
dont ils sont pourvus. Cet orgueil est du reste
nécessaire à l'entretien du patriotisme des
individus considérés en tant que *peuples*.

Mais je voudrais qu'il soit bien entendu
que, lorsque je dis que l'Américain est *grand*,
cela s'applique à la nation et non pas à l'individu ; il y a des citoyens des Etats-Unis qui
sont petits, mesquins et insignifiants. De même

lorsqu'on dit que le Français est *léger*, on parle de la race, ce qui n'empêche pas la France de posséder bon nombre d'hommes sérieux et réfléchis.

Cela dit, je dois adresser mes remerciements aux amis qui m'ont accueilli si cordialement : je ne puis les citer tous, mais je suis heureux de mentionner plus spécialement MM. Tuttle, William Polk, Starr, Harry Sims, de Lima, Julius Jaros, *de New-York ;* Dudley et Whitfield, *de Chicago ;* Gehrung, *de Saint-Louis ;* de Rosel, *de Boston.* Je ne dois pas oublier non plus mon ami don José Silva qui m'a donné une si aimable hospitalité dans sa belle résidence de Porto-Rico. Quoique les Antilles ne soient pas exactement placées sur le chemin de New-York, je n'ai pas à regretter le détour qui m'a permis de renouveler connaissance avec le Vénezuela et la plupart des îles disséminées dans la mer des Caraïbes.

SOMMAIRE

—

Les Constructions en Amérique : Les Hôtels.

**Les Constructions en Amérique: Les Maisons
à New-York.**

**Les Constructions aux Etats-Unis:
Les Maisons à vingt-cinq étages.**

Une Industrie de Chicago : Les Stocks-Yards

Quelques Boutiques : Une Pharmacie.

Quelques Excursions : Le Niagara.

La Société et les Mœurs en Amérique : La Femme.

La Vie politique : La Constitution américaine.

Les hommes qui ont créé les institutions américaines. Les premiers possesseurs du sol. Les
États-Unis dérivent de cinq nations européennes. Insuffisance de la Constitution, en 1781.
Les 13 États réunis en 1788. Le gouvernement

LES ÉTATS-UNIS

De Paris à New-York: la traversée de l'Océan.

La ligne la plus courte de Paris à New-York. La Compagnie générale transatlantique. La sécurité, le confortable et la vitesse. La Compagnie Cunard. Vitesse moyenne des meilleurs navires. La France occupe un bon rang dans la navigation transatlantique. Distance de Paris à New-York. La France est mieux placée que l'Angleterre et l'Allemagne pour relier New-York et l'Europe. Brest comme port d'attache. Le choix d'une cabine. Le mal de mer. Conseils pratiques pour la mer.

Le premier soin du voyageur qui se rend aux États-Unis est de s'assurer d'abord quelle est la route maritime la plus sûre, la plus confortable et la plus courte. Cette dernière condition est recherchée plus que toute autre, soit parce que notre époque moderne préfère la vitesse, soit parce que, pour le plus grand nombre, le séjour sur mer n'est pas agréable.

1

Pour les voyageurs se rendant de Paris à New-York la ligne française est tout indiquée. Quoique ses steamers n'atteignent pas la vitesse des navires de la Compagnie Cunard, on arrive toujours plus vite; puisqu'on gagne la distance qui sépare Paris de Liverpool, et qu'on évite le trajet de Calais à Douvres qui est toujours pénible pour les estomacs délicats.

La Compagnie générale transatlantique transporte les passagers de Paris à New-York en huit jours, chemin de fer compris. Ce temps n'est dépassé que lorsque la traversée est contrariée par des tempêtes. En choisissant le plus rapide des bateaux, *La Touraine*, on peut même, lorsque le temps est beau, faire le voyage en sept jours.

Il n'est guère possible de mettre moins de temps en choisissant les lignes anglaises les plus rapides. Les meilleurs bateaux *Cunard* mettent de six à sept jours pour traverser. Si on ajoute la durée du voyage de Paris à Liverpool on augmente à la fois le temps, la dépense et la fatigue.

J'en dirai autant de l'excellente ligne américaine qui part de Southampton et qui possède plusieurs steamers à grande vitesse: le *Paris*, le *New-York*, le *Saint-Louis*, etc.... Il faut aller prendre le bateau à Southampton, ce qui demande une très désagréable traversée de la Manche et une grande perte de temps.

J'ajouterai, et cela a bien quelque importance pour des Français, que la Compagnie transatlantique a conquis dans les deux mondes une réputation inattaquable sur un point capital : la façon dont sont nourris et traités les passagers. Sous ce rapport la ligne de New-York est une perfection et les commissaires de chaque steamer rivalisent de zèle pour arriver à donner le summum du confort. Inutile de dire que le voyageur français est toujours plus heureux lorsqu'il accomplit un long voyage de naviguer sous son propre pavillon, de retrouver ses goûts, sa langue et ses habitudes. Mais c'est là une question toute secondaire qui passe après d'autres plus importantes : la sécurité et la vitesse.

Je ne parlerais pas de la sécurité, si je ne connaissais bon nombre d'amis américains habitant Paris qui font, de propos délibéré, un voyage de 14 heures à Liverpool ou à Southampton pour prendre un navire de leur choix, alléguant comme motif la sécurité.

Cette préférence porte du reste sur les Compagnies les plus diverses : les uns ne veulent voyager que sur les steamers de la Compagnie Cunard, les autres préfèrent la *White Star-line* ou l'*Anchor-line* ou la ligne américaine ; d'autres enfin réservent leur préférence pour les lignes allemandes.

Non seulement le choix de certaines personnes porte sur telle ou telle Compagnie, mais sur tel steamer sur lequel elles ont déjà effectué une fois une heureuse traversée. Le choix n'est pas, dans ce cas, basé sur la valeur du navire, sur sa solidité, sur sa vitesse, mais sur le fait d'avoir traversé l'Océan sur un bateau sans rencontrer de mauvais temps. Enfin, dans beaucoup de cas, c'est la personnalité du capitaine qui entraîne le passager sur tel ou tel navire ; au moins dans ce cas le choix s'explique.

On ne peut donc alléguer la question de sécurité pour choisir une ligne. Ce serait faire injure aux Compagnies, comme à leurs officiers, de croire que tout ce qui peut être fait pour assurer la sécurité n'a pas été fait. Tous les grands navires qui desservent aujourd'hui la ligne de New-York réalisent les conditions les plus parfaites ; ils sont tous à cloisons étanches et pourvus des appareils nautiques les plus perfectionnés. Le commandement est confié à des hommes compétents et éprouvés et cela dans tous les pays, aussi bien en France qu'en Angleterre et en Allemagne. Les Compagnies ont du reste trop d'intérêts engagés pour ne pas s'assurer le concours des hommes les plus habiles et les plus expérimentés. La seule lutte sérieuse qui existe entre les diverses compagnies porte aujourd'hui sur deux points : le confort et la vitesse. Nous croyons qu'on est bien près d'atteindre le maximum dans un sens comme dans l'autre.

Pour le confortable : nourriture, luxe des cabines, espace accordé aux passagers, les bateaux français réalisent l'idéal et ne craignent la concurrence d'aucune autre ligne.

Pour la vitesse, je reconnais qu'ils sont distancés : la Compagnie Cunard a deux navires : La *Lucania* et le *Campania* qui font jusqu'à 23 nœuds à l'heure ; la Compagnie Américaine en a également deux : le *Saint-Louis* et le *New-York*, qui font 20 nœuds ; tandis que le plus rapide des bateaux français, la *Touraine*, ne fait que 19 nœuds 5 et que les autres navires de la Compagnie transatlantique, desservant la ligne de New-York, ne font que 17 nœuds 5.

Le tableau suivant indique la vitesse des *meilleurs* navires de chacune des Compagnies faisant un service régulier entre l'Europe et New-York. On remarquera que le nombre de nœuds marqué dans la colonne, indique la vitesse maximum. Il ne faudrait pas croire que la *Lucania* donne 21 nœuds 5 à tous les voyages ; mais elle a fait,

par de beaux temps, des traversées avec cette
moyenne; la même remarque s'applique au *Paris*,
au *Majestic* et à tous les autres.

NOM DU NAVIRE ET DE LA COMPAGNIE	TONNAGE	NOMBRE de chevaux	NOMBRE DE NŒUDS par heure	Moyenne de la vitesse maximum de la flotte prise dans son ensemble.
Lucania et Campania (Cun.).	12950	30000	21.5	19
Etruria et Umbria (Cun.)....	8120	15000	19.5	
La Touraine C. G. T.........	9209	13000	19.2	17.8
St-Louis et Paris (Am. line) New-York..................	10499	18000	20	17.1
Teutonic et Majestic (White Star)...................	9861	18500	20	17.4
Sprée (Nth. Ger. Lloyd)......	6964	13000	19	16.30
City of Rome (Anchor. L)....	8144	11500	17.5	14 9
Alaska (Guion)...............	6932	11000	17.5	14 5
Aug. Victoria Furst Bismark Columbia (Hamb. am.).....	7363	13500	19.5	17.5
Normannia »	8250	16000	19.5	
Veendam (Netherlands)......	3986	3000	15	14.2
Wäesland (Red. Star).......	4754	3500	15	13 9
State of California (Allan L).	4275	4000	14.5	12.9
Amerika (Thingvallia).......	3887	4000	15	12.5
Buffalo (Wilson).............	4431	2500	13	12.4
Virginia (Scandia)..........	2884	2000	12	11.2

J'appelle particulièrement l'attention sur la
dernière colonne de ce tableau qui donne la
moyenne de la vitesse, non pas d'un seul bateau,
mais de l'ensemble de la flotte affectée par chaque Compagnie à la ligne de New-York.

Chaque Compagnie consacre tous ses efforts

et toutes ses ressources à la construction d'un ou deux bateaux à grande vitesse qui luttent pour le *Record* des courtes traversées. C'est ainsi que la *White Star line* a deux navires (*Majestic* et *Teutonic*) qui font 20 nœuds à l'heure et que la *Hamburg American line* en a deux qui font 19 nœuds 5 (*Columbia* et *Normannia*); mais ce sont là des enseignes, pour ne pas dire des réclames ; car si l'on considère l'ensemble des bateaux que chacune de ces compagnies affecte à la ligne de New-York on n'obtient plus qu'une vitesse moyenne de 17 et même de 15 nœuds, tandis que la vitesse moyenne de la flotte française est de 17 nœuds 8.

La Compagnie Cunard est la seule qui ait fait les efforts et les sacrifices nécessaires pour assurer régulièrement un service à grande vitesse ; elle possède plusieurs steamers merveilleux et donne, pour toute sa flotte, une vitesse moyenne de 19 nœuds 5, ce qui est énorme. Il faut savoir aussi au prix de quels sacrifices on a obtenu ces résultats ; les actionnaires qui sont depuis long-temps sans dividendes, peuvent nous renseigner sur ce point. *Lucania* et *Campania* ont coûté des sommes énormes ; ces navires ont une machine de 30.000 chevaux pour une capacité de 12,950 tonnes (1) et donnent 21 nœuds ; ils consomment

(1) La *Touraine* arrive à 19 nœuds 5 par heure avec

des quantités fabuleuses de charbon et leur entretien est ruineux ; tout cela pour gagner deux
nœuds à l'heure. Nous pensons qu'ils constituent
le plus grand effort possible à notre époque ;
les compagnies qui voudraient aller au delà,
marcheraient à une ruine certaine, à moins que
de nouvelles découvertes merveilleuses autant
qu'imprévues, ne modifient profondément les
conditions de la navigation.

Dans tous les cas, je crois que la France doit
se trouver satisfaite d'être placée au second
rang et de venir immédiatement dans la vitesse
moyenne sur la ligne de New-York, après la Compagnie Cunard. La Compagnie transatlantique
n'a pas de navire réclame, mais elle a une flotte
jeune, bien organisée, qui effectue depuis près de
vingt ans, sans lacune ni défaillance, le meilleur
service hebdomadaire sur l'Amérique.

Elle n'hésitera pas du reste à faire les sacrifices
nécessaires pour reconquérir la première place
sur l'Océan. Ses habiles ingénieurs préparent en
ce moment la construction de deux nouveaux

9,209 tonnes et 13,000 chevaux. Elle a fait le voyage de
New-York en 6 jours 15 heures (juillet 1892). Ce qui
donne une moyenne de 19 nœuds 9. Je viens d'effectuer
une croisière dans la Méditerranée sur ce magnifique
steamer qui donnait facilement une vitesse de 20 nœuds.

steamers à double hélice qui effectueront en six
jours la traversée du Havre à New-York. Mais
il faut pour cela qu'elle soit soutenue et encou-
ragée par l'Etat et qu'elle obtienne des pouvoirs
publics une prolongation de ses contrats postaux
qui lui garantisse l'avenir et lui permette d'engager les fonds nécessaires à une aussi vaste
entreprise. La construction d'un navire dans le
type de *la Touraine*, pourvu d'une machine de
30 ou 35.000 chevaux entraîne une dépense de
12 à 14 millions ; comme il en faudrait deux ou
trois pour assurer un service régulier à grande
vitesse, il faut engager dans les constructions
navales un capital de 30 à 40 millions. On voit
que la question mérite réflexion. J'espère cependant que l'Etat et le Parlement feront le nécessaire pour que la France maintienne honorablement son rang parmi les quatre nations qui se
disputent actuellement le record de la vitesse sur
l'Océan atlantique.

Toutes ces digressions ne sont pas inutiles,
puisqu'elles ont pour but d'établir une comparaison entre les lignes qui traversent l'Atlantique et de permettre au voyageur de faire un choix
raisonné. Je crois être arrivé, du reste, à cette
conclusion appuyée sur des faits précis : le voyageur qui veut se rendre de Paris à New-York ne
peut trouver de locomotion plus sûre et plus

1.

agréable que celle qui est offerte par la Compagnie générale transatlantique.

Voici, à titre de renseignement, la distance qui sépare New-York des principaux ports Européens. Quoique Sandy Hook soit éloigné de 10 milles de New-York, il est convenu de compter de ce point l'heure du départ.

			Nœuds
De New-York (Sandy Hook)	à Quenstoon....	2.755
»	»	à Liverpool.....	3.050
»	»	à Southampton.	3.053
»	»	au Havre.......	3.150
»	»	à Brest.........	2.962
»	»	à Cherbourg....	3.084
»	»	à Brême........	3.570
»	»	à Hambourg....	3.549

Ce tableau des distances montre que la France pourrait lutter avec avantage contre l'Angleterre et l'Allemagne pour les transports rapides entre l'Amérique et l'Europe, même avec une flotte inférieure à celle de la compagnie *Cunard* ; mais à la condition de faire sa première escale à Brest. C'est là, à mon avis, le nœud de la situation.

On sait que depuis l'été de 1895 la Compagnie Transatlantique a eu à redouter la concurrence de la ligne Hambourgeoise qui fait maintenant escale à Cherbourg avec ses steamers à grande vitesse. Elle a déjà ainsi enlevé cette année un millier de voyageurs américains qui étaient des clients attitrés de la ligne française. Il faut donc agir au plus vite et, sans abandonner le port du Havre, faire une escale qui raccourcisse la route de mer.

En choisissant Cherbourg comme point de départ, la Compagnie transatlantique gagnerait déjà une centaine de milles sur le Havre et sur Southampton. En prenant Brest, elle gagnerait 131 milles sur le Havre et 128 milles sur Liverpool, ce qui la mettrait en mesure, étant donnée l'excellence de ses paquebots, de lutter victorieusement non seulement avec la ligne allemande, mais avec ses plus redoutables concurrentes, l'*American Line* et la *Cunard Line*.

Brest serait, par conséquent, le meilleur port, tout au moins sous le rapport de la proximité de New-York. L'amiral Reveillère a, d'ailleurs, démontré que Brest est géographiquement le point d'atterrissage le plus naturel de la navigation transocéanique en France. On prétend même que la Compagnie de l'Ouest songerait à établir pour son compte une ligne extra-rapide entre cette ville et New-York.

Il faut avant tout doubler les voies de Bretagne, afin d'amener en huit ou dix heures les

passagers venus de Paris et des grandes villes
du continent. La Compagnie de l'Ouest est depuis
longtemps en pourparlers à ce sujet, qui aurait
sa très grande importance en cas de mobilisa-
tion ; malheureusement, l'administration supérieure est lente à se décider et le Parlement fait
plus de politique que de besogne. Et puis, il y a
les bureaux !...

Pourtant, le doublement des voies dont nous
parlons ne représente ni un travail cyclopéen,
ni une dépense excessive, surtout si l'on considère les avantages inappréciables qui en décou-
leront. En effet, de Rennes à Brest, il n'y a que
248 kilomètres, dont il faut retrancher 30 kilomètres de Guingamp à Saint-Brieuc, et une
dizaine de Kerhuon à Brest, déjà en double voie.
De même, entre Caen et Cherbourg, où diverses
sections de la ligne (une trentaine de kilomètres
environ sur 132) sont en double voie et où tous
les plans sont prêts et les principaux ouvrages
d'art construits.

Espérons que les autorisations et les crédits
nécessaires ne seront pas trop longs à venir.
Tant que la Compagnie transatlantique n'aura
pas « avancé » son point de départ, elle devra
se contenter de la deuxième place. Or, notre
patriotisme et notre intérêt national bien entendu commandent qu'elle ait la première, puis-

qu'elle peut la prendre. Il importe donc d'agir,
pour que la concurrence envahissante des
compagnies anglo-allemandes ne devienne pas
un danger.

Le navire une fois choisi, il faut s'y assurer
une bonne place. Si le voyage a lieu en hiver,
on est à peu près sûr d'être à l'aise ; mais il
n'en est pas de même pendant l'été, à l'époque où les Américains viennent en Europe. Il
importe donc de choisir une cabine plusieurs
semaines à l'avance ; je puis à ce sujet faire connaître mes préférences basées sur une longue
expérience.

Les cabines extérieures prenant le jour sur
les côtés du steamer par un hublot doivent toujours être préférées à celles situées dans l'intérieur du navire et ne recevant le jour que par
une tabatière. On y sent peut-être davantage
le roulis, mais on a de l'air et de la lumière.
Pendant l'été, veillez à ne pas être près de la
machine à cause de la chaleur, évitez les cabines du second entrepont qui sont fort mal
aérées, l'état de la mer permettant rarement
d'ouvrir les hublots dans cette partie du navire.

Le voyageur intelligent saura s'assurer les
bons services des garçons qui sont toujours du
reste d'une complaisance inépuisable, du moins

sur les steamers français. Ils s'attendent à une
gratification qui est bien méritée : il est d'usage
de donner au garçon de cabine de 10 à 20 fr.
par traversée (12,50 et 25 fr. sur les navires
anglais). Cette gratification varie du reste selon
l'importance des services rendus.

Parlerai-je du mal de mer, ce terrible écueil
des voyages maritimes qui éloigne des steamers tant d'aimables passagères ? La plupart
des français s'exagèrent l'importance de cet
impedimentum et ils ont généralement connu
le mal pendant de courtes traversées, notamment dans celle de la Manche qui est presque
toujours mauvaise. Je connais bon nombre de
voyageurs qui préfèrent traverser l'Océan que
la Manche ; il y a, principalement entre Douvres
et Calais, une certaine catégorie de lames courtes qui impriment au bâtiment un mouvement
des plus désagréables, que je n'ai jamais res-
senti sur l'Océan.

J'ajouterai que pendant l'été les risques du
mal sont réduits au minimum. Je viens d'effectuer deux traversées de l'Océan en compagnie
de plusieurs centaines de passagers sans que
personne ait été malade.

Quoi qu'il en soit, le mal existe et il faut faire
de son mieux pour vivre avec son ennemi. Lors-

que l'état de la mer fait craindre l'invasion de la maladie je conseille au passager de prendre la position horizontale et de se réfugier dans sa cabine où il sera toujours mieux que sur le pont pour cacher sa misère et sa détresse. Il ne faut s'aventurer sur le pont et surtout à table, qu'au bout de 12 à 24 heures, lorsqu'on est tout à fait sûr de soi.

En général, le mal de mer se dissipe après 24 heures, même lorsqu'il y a du roulis, lorsque l'accoutumance a lieu.

On a proposé d'innombrables remèdes contre le mal de mer. Je n'ai obtenu de bons résultats qu'avec la *Pelagine*, que j'ai eu récemment l'occasion d'employer sur un assez grand nombre de personnes.

Un auteur américain a résumé sous la forme d'aphorismes les quelques conseils à donner au passager novice. Je les reproduis ici en les adaptant aux coutumes françaises :

Conseils en mer.

Restez dans votre cabine si vous avez le mal de mer.

Ne vous approchez jamais de la table si vous n'êtes pas sûr de pouvoir y rester.

N'offrez pas aux dames des remèdes contre le

mal de mer ; on vous en voudra à mort si le remède ne réussit pas.

Ne cherchez pas à consoler les personnes atteintes du mal de mer ; vous ne faites qu'augmenter leur honte et leur malaise.

N'oubliez jamais que vos voisins de cabine entendent tout ce que vous faites et dites dans la vôtre.

Ne vous figurez jamais, si vous êtes un personnage à terre, qu'on est forcé de le savoir à bord.

Ne demandez jamais de services spéciaux aux garçons de cabine, si vous n'avez pas l'intention de les rémunérer grassement à l'arrivée.

N'allez jamais rendre visite à vos amis dans leurs cabines, surtout s'il y a des dames ; cela leur est rarement agréable.

Ne racontez jamais des histoires de naufrages à vos voisins de table.

Ne recherchez jamais la familiarité avec les officiers du bord ; les avances dans ce sens doivent venir de leur part.

Ne posez pas au capitaine des questions qui sont le plus souvent ridicules et toujours ennuyeuses pour celui à qui elles sont adressées.

Si vous demandez à visiter la machine ou les chambres de l'équipage, n'oubliez pas de faire le nécessaire pour que les hommes aient une gratification ou un supplément de vin après votre visite.

N'étalez jamais vos connaissances nautiques devant les officiers du bord.

N'oubliez pas que le maître d'hôtel est un personnage.

Ne demandez jamais au départ l'heure ou le jour de l'arrivée ; le capitaine ni personne ne peut vous répondre.

Assurez-vous toujours d'une bonne cabine en payant votre place et n'hésitez pas à faire un sacrifice pour être seul. Si cependant vous avez un compagnon, n'allez pas croire que c'est nécessairement un homme mal élevé ; il pourrait avoir la même opinion de vous-même.

La locomotion interurbaine :
les chemins de fer.

Comparaison entre les chemins de fer français et américains. Les Pullman cars. La rapidité et la sécurité des lignes américaines. L'express de Chicago. Record de la vitesse. Immensité du réseau ferré. Conseils pratiques pour voyager aux Etats-Unis. La concurrence entre les lignes. Crise de l'industrie des chemins de fer.

Je me suis souvent demandé, en roulant sur les railways américains, comment nous pouvions tolérer en Europe la manière barbare et primitive qu'on impose aux malheureux voyageurs.

Non seulement on nous demande très cher, mais on nous enferme pendant plusieurs heures dans des boîtes où l'on meurt de chaleur ou de froid, où l'individu ne peut ni boire, ni manger, ni dormir, et où il est même privé de la satisfaction des besoins les plus naturels et les plus intimes.

Que doivent penser de nous les Américains lorsqu'ils viennent en Europe ? Il y a des moments où je suis tenté de trouver justifié leur incommensurable orgueil.

Dans tous les cas, s'il est un point où les

Etats-Unis battent la vieille Europe et cela à plate couture, c'est sur la question des chemins de fer.

Leurs railways sont nombreux, bien construits pour la plupart ; les trains sont rapides, assez fréquents et offrent au voyageur pour un prix relativement modéré, non seulement le confortable, mais encore le luxe.

Les trains sont composés, *sans exception*, de voitures couloirs correspondant entre elles ; on trouve dans chaque voiture des fontaines pour se laver, de l'eau glacée pour se désaltérer et...... l'indispensable.

Lorsque le train doit effectuer un long parcours on y ajoute toujours des voitures de luxe où, pour un supplément raisonnable, on peut trouver une place réservée et prendre ses repas.

Lorsque le train parcourt un trajet nocturne il contient *toujours* des wagons-lits où, pour un prix très modique, le voyageur peut se procurer une excellente couchette. Je dis *modique* et j'appuie mon assertion sur les chiffres suivants : de New-York à Niagara-Falls, le prix de la couchette est de 10 francs pour un parcours de 846 kilomètres ; de Paris à Marseille le prix du *Sleeping-car* est de 55 francs pour un parcours de 868 kilomètres. J'ajouterai que la couchette américaine est plus spacieuse et plus confortable que celle de la Compagnie internationale des wagons-lits.

La réputation des Pulmann est du reste universelle. Nous ne connaissons malheureusement ces voitures que de nom, du moins en France. On ne saurait rien imaginer de plus élégant et de plus richement décoré ; il y a cependant encore un petit desideratum que je me permets de signaler à M. Pulmann ; les wagons sont encore éclairés au pétrole, ce qui occasionne un peu d'odeur et surchauffe les voitures pendant l'été. Il doit y avoir moyen de les éclairer à l'électricité.

Il y a même certains *express limited* entièrement composés de voitures Pulmann qui sont orgueilleusement cités par les yankees comme des modèles de rapidité et de confort. L'express de Chicago (1), qui part de New-York à 10 heures du matin et arrive à destination le lendemain à 9 h. 45 se compose de wagons-salons confortables et de wagons-lits ; on y trouve en outre une salle de bains, un coiffeur, plusieurs femmes de chambre pour les dames, un sténographe et plusieurs machines à écrire (type-writer). Le supplément demandé pour ce train est de 25 fr. pour une distance de 1,500 kilomètres.

(1) *Pennsylvania vestibule limited train*, Compagnie des chemins de fer pennsylvaniens.

Pour le confort les Etats-Unis sont donc infiniment supérieurs à l'Europe. Il y a maintenant à examiner les questions de *rapidité* et de *sécurité*.

Voyons d'abord la vitesse :

Pour les Américains rien n'est insupportable comme la pensée qu'un record quelconque est détenu par une nation européenne. Si le record en question appartient à l'Angleterre, l'humiliation est encore plus grande et les habitants des Etats-Unis n'ont qu'une idée, c'est de le battre à leur tour.

Cette satisfaction, ils viennent de l'obtenir, et la joie doit être grande, à l'heure actuelle, de l'autre côté de l'Atlantique.

Le train de Londres à Aberdeen détenait, en effet, depuis quelque temps, le record de la vitesse avec 101 kilomètres et demi à l'heure. Cela ne pouvait durer et les Américains souffraient. Ils résolurent de faire mieux, et les journaux des Etats-Unis nous ont télégraphié, le 12 septembre 1895, qu'un train spécial tenterait de battre le record du train.

Cette course sur rails a été faite.

Le train spécial a quitté New-York à 5 h. 40' 30" et est arrivé à East-Buffalo à midi 34' 57", couvrant 437 milles et demi, soit 700 kilomètres, en 6 h. 54' 27". Déduction faite des arrêts, cela

fait du 103 kilomètres et quart à l'heure, soit
1 kilomètre trois quarts de plus que le train de
Londres à Aberdeen.

Enfoncée la vieille Angleterre ! Hourra ! pour
la jeune Amérique !

Tout cela est fort bien lorsqu'il s'agit d'un
Match ou d'un *Record*, comme on dit aujour-
d'hui. Il est en effet intéressant de savoir qu'un
train a pu faire 103 kilomètres à l'heure, mais
il est utile de connaître, pour juger la question
de la vitesse comparée des chemins de fer des
différents pays, combien les trains font *ordinairement* de kilomètres à l'heure.

Il y a une légende qui consiste à croire que les
trains vont en Amérique avec une vitesse incon-
nue sur le vieux continent ; comme bien d'autres
légendes, celle-là doit disparaître.

Si l'on consulte les indicateurs officiels des
compagnies, on voit que la vitesse est à peu
près la même qu'en France et qu'en Angleterre,
et cela pour les grandes lignes seulement. Si
l'on prend l'ensemble du réseau, la balance sera
certainement en faveur des pays européens. Le
fameux *express limited* de Chicago, effectue un
trajet de 1.500 kilomètres en 24 heures, ce qui
donne une vitesse commerciale de 74 kilomètres,
aujourd'hui atteinte et même dépassée sur les
grands réseaux français et anglais. La légende

de la vitesse des trains américains doit donc disparaître.

On dit et on imprime généralement que les chemins de fer américains sont de véritables casse-cou, et on colporte de journal en journal des histoires de ponts écroulés, de trains entraînés dans les abîmes, de voyageurs réduits en bouillie, etc. Il semble que les Yankees veulent être grands en tout, même dans leurs catastrophes. Or, la vérité nous oblige à déclarer que la sécurité est aussi complète sur les railways des Etats-Unis que sur ceux d'Europe, et que les accidents n'y sont pas plus fréquents. Un ingénieur français, M. Simonin (1), qui a parcouru les lignes de l'Union pendant 7 ans et a fait plus de 32.000 kilomètres de chemin de fer, dit n'avoir jamais été témoin d'aucun accident. Les documents officiels publiés par les compagnies et par le gouvernement établissent que le nombre de voyageurs tués et blessés en Amérique ne dépasse pas celui qu'on observe en Europe.

Les lignes ferrées situées dans les Etats de l'Est sont, au dire des ingénieurs, aussi bien construites et entretenues que celles des meilleurs réseaux européens.

(1) L. SIMONIN. — Les chemins de fer aux Etats-Unis. (*Revue des Deux-Mondes*, 15 janv. 1875.)

Le réseau ferré des Etats-Unis est immense et dépasse la totalité des autres réseaux du monde ; il atteignait en 1894 près de 300.000 kilomètres. Les chemins sont répartis entre un très grand nombre de compagnies, dont la plus importante est l'*Union pacific Railroad*, qui a près de 1.800 kilomètres.

Si on peut dire que l'Amérique est une terre de liberté, c'est bien à propos des chemins de fer.

La voie est toujours accessible ; s'y engage qui veut ; le seul signal d'approche d'un train est le mouvement automatique d'une cloche placée sur la machine. Quand un chemin ou une route traverse la voie, un écriteau appelle parfois l'attention : « *Take care* ; *the railroad is crossing here* (Prenez garde, le chemin de fer passe ici). » A cet avis bénévole, on ne prend même point garde ; la vue des rails suffit pour avertir ; avant de s'engager on écoute si un bruit de cloche se distingue à l'horizon, et, sur la négative, on marche... Pas de garde-barrières taquins vous obligeant à rester cinq minutes en panne pour attendre un train de marchandises roulant piano piano ; pas de haies, pas de séparations, — rien !

C'est même chose fort pittoresque de voir, aux environs des villes, en été, les jeunes gens en costumes gris ou beige, les jeunes filles en toilettes claires, blanches ou roses surtout, se promener le dimanche, en bandes, sur de vastes entre-croisements de rails que traversera tout à l'heure un train roulant un mille à la minute (1.609 mètres environ). Au bruit de la cloche, les groupes se rangeront, s'écarteront, comme chez nous au signal d'un tramway, pour laisser passer la suite de « vestibuled palaces cars » remorqués par une énorme machine au puissant chasse-pierres en acier. Ce train s'engage dans la ville, la traverse sur la principale route, devant les habitants assis sur le pas de leur porte, regardant avec la même attitude tranquille qu'ont nos gens de gros bourgs au passage d'une antique diligence, — et c'est tout.

Qu'il me soit maintenant permis de donner quelques *conseils pratiques* aux Français qui fréquenteront les lignes américaines.

En général, le voyageur n'est pas, comme en France, dirigé, conseillé et traité d'une façon patriarcale. Chacun doit connaître son affaire, s'informer de l'heure des trains et bien s'assurer qu'il prend la voiture qui doit le conduire à destination.

Dans les gares, on n'annonce jamais le départ des trains, et le célèbre : « *en voiture* ou *parten-*

ʒa » est inconnu. Le train s'éloigne du quai sans crier gare et sans qu'aucun signal ait été entendu par le voyageur.

Les stations, pour la plupart construites en bois et d'une façon très sommaire, contiennent fort peu d'indications utiles au voyageur, et on ne voit pas, autour des guichets ni ailleurs, des employés galonnés qui semblent n'avoir d'autre occupation que de donner des renseignements.

Ce service des renseignements est plutôt fait par les hôtels qui se chargent souvent de prendre les billets et doivent toujours faire enregistrer vos bagages si vous le désirez. Ce système est du reste excellent : vos colis sont enregistrés à l'hôtel avant votre départ et vous pouvez les retrouver à l'hôtel de la ville où vous allez.

Les chemins de fer allouent 70 kilogr. de bagages absolument gratuits (1). Le système d'enregistrement se fait par *chèques*. On vous remet autant de rondelles de cuivre (chèques) que vous avez de colis, chaque rondelle portant le même numéro que celle qui est attachée au colis transporté. Un peu avant d'arriver à destination, un employé vient vous demander vos chèques et se charge, moyennant une rétribution de 1 fr. 25 par colis, de vous les faire transporter à votre

(1) 160 livres américaines.

hôtel. Un tel système, qui supprime toute comptabilité et écritures, mériterait d'être appliqué en Europe.

Chaque locomotive est pourvue d'une énorme cloche qui sonne frénétiquement à l'approche de chaque station. C'est même un inconvénient pour le voyageur qui est réveillé la nuit lorsqu'il n'est pas encore habitué à ce tapage.

Le plus souvent on n'appelle pas le nom des stations, ou on le fait d'une façon inintelligible, même pour celui qui connaît bien l'anglais. Dans beaucoup de localités, le nom de la station n'est pas écrit le long de la voie.

Il y a certaines expressions employées dans les chemins de fer américains et qui ne le sont pas en Angleterre. Il importe de signaler les plus importantes au touriste. Ainsi, chemin de fer (*railway*, en anglais) se dit *railroad* en Amérique.

Gare, (*Station* en anglais), *Depot* en Amérique.
Bagage (*Luggage* »), *Baggage* »
Voiture (*Carriage* »), *Car* »
Guichet (*booking office* en anglais), *Ticket office* en Amérique.

Il n'y a pas en Amérique d'indicateurs portatifs des chemins de fer comme ceux qu'on trouve en Europe. Le réseau est trop important pour qu'on puisse faire tenir ces renseignements dans

un seul volume, mais on trouve dans les hôtels
et dans les gares, d'excellents indicateurs distri-
bués gratuitement par chaque Compagnie, et
contenant des plans de la ligne et· beaucoup
d'autres détails utiles.

La plupart de ces indicateurs sont des sortes
de réclames très pittoresques, agrémentées de
plans et gravures insistant sur les avantages du
parcours prôné. Il existe en effet en Amérique
de nombreuses routes ferrées qui se font concurrence pour faire le même trajet.
On peut aller de New-York à San-Francisco,
soit par le *Canadian pacific railway*, soit par
l'*Union pacific Railroad* ; cinq Compagnies se
disputent les voyageurs de New-York à Chicago ;
six de Chicago à Saint-Paul et Minneapolis. Toutes ces Compagnies répandent des prospectus et
donnent leur ligne comme la plus courte (shor-
test), la plus directe, la plus pittoresque, etc. Il
en résulte pour le touriste une certaine confusion
et celui-ci fera bien de se renseigner non seulement à son hôtel, mais encore auprès d'amis tout
à fait désintéressés sur la meilleure route à suivre, surtout lorsqu'il s'agit d'effectuer un grand
parcours.

J'ai déjà dit que le total des voies ferrées de

l'Union était égal à celui de toutes les autres
nations du monde réunies. Cette effrayante proportion s'explique non seulement par l'immense
étendue du territoire, mais aussi par ce fait
qu'ignorent beaucoup d'Européens, que les Etats-
Unis contiennent peu ou pas de routes carros-
sables. Dans la plupart des nouveaux Etats de
l'Ouest, la voie ferrée a toujours précédé la route
ordinaire. Un chemin de fer ne coûte pas beaucoup plus à établir qu'une route ordinaire ; il ne
coûte pas plus d'entretien ; il permet le transport
rapide d'un grand nombre d'individus et de marchandises et, chose importante pour le *yankee*,
il rapporte.

C'est par la création de ces lignes innombrables et surtout par la spéculation sur les titres
dont elles ont entraîné la création, que se sont
établies ces fortunes gigantesques qui font l'étonnement de l'Europe.

Mais si d'énormes fortunes individuelles ont
été amassées en spéculant sur les chemins de fer
de l'Union, il ne faut pas croire que toutes les
Compagnies soient prospères. Le nombre excessif de lignes concédées a dépassé les besoins
actuels de la population, le nombre des émigrants
a diminué et il s'est produit un véritable *Krach*
des railways ; non seulement beaucoup de Com-

pagnies ne donnent pas de dividendes, mais plusieurs d'entre elles sont sous séquestre et ne peuvent même faire le service de leurs obligations. Mais c'est là une question purement économique qui n'intéresse pas le touriste. Je me résumerai donc en disant que le service des voyageurs est assuré dans d'excellentes conditions de confort, de vitesse et de sécurité dans l'immense territoire des États-Unis et même au Mexique qui se trouve également doté, grâce à l'activité et aux capitaux américains, d'un excellent réseau ferré.

La locomotion urbaine.

Vitesse des trains et des tramways dans les villes.
Comparaison avec les trains et omnibus de Paris.
Tracé et plan de la ville de New-York. Les avantages du damier et des *blocs*. Les voitures particulières et les flacres. Les chemins de fer aériens. L'*Elevated Railway* de New-York. La traction électrique.
Les tramways électriques à Boston. Peut-on appli-
quer le système américain à Paris ?

Nous conseillons fortement à nos édiles parisiens, qui sont à la recherche des meilleurs
moyens de locomotion urbaine et sub-urbaine,
de faire un petit voyage à New-York. Nous conseillons même ce voyage à tous les Parisiens
qui veulent apprendre à se rendre rapidement
d'un point à un autre ; car il faut réformer chez
nous non seulement les moyens de locomotion,
mais encore les mœurs des habitants qui les
emploient. Dans nos chemins de fer de banlieue,
les trains s'arrêtent environ deux minutes à
chaque station ; dans les trains similaires à
New-York il faut 30 secondes pour embarquer
le même nombre de voyageurs. Si l'on considère
que les trains urbains s'arrêtent tous les 500
mètres, on reconnaîtra que les habitudes amé-

ricaïnes permettent un transit rapide qui ne
sera possible chez nous que par une profonde
modification des habitudes, modifications qui ne
sont pas du reste impossibles.

La même remarque peut être faite pour les
omnibus et tramways. Il existe en France des
règlements administratifs qui ne permettent d'admettre dans les voitures qu'un nombre déterminé de personnes ; il faut avoir la patience de
Job pour employer les omnibus parisiens et cela
fait pitié de voir une foule de femmes piétiner
dans la boue à la remorque des omnibus. En
Amérique un tel système serait considéré comme
inique ; le tramway ne refuse jamais le piéton
en détresse ; lorsque les sièges sont tous occupés les voyageurs supplémentaires se tiennent
debout en maintenant leur équilibre à l'aide
d'une courroie accrochée au plafond ; ils restent
ainsi quelques minutes jusqu'à ce qu'une place
soit libre. Les habitants de New-York préfèrent
ce système à celui qui consiste à patauger
pendant une heure dans la boue ; je crois qu'il
y a bien des Parisiens qui seraient du même
avis si la *Sainte administration* le permettait.
Ce n'est du reste qu'à certaines heures de
la journée que le voyageur est exposé à rester debout dans les tramways et chemins de

fer américains et il en serait de même à Paris.

Il faut convenir que la ville de New-York est admirablement distribuée pour assurer une locomotion facile à ses habitants. Elle réalise sous ce rapport l'idéal : qu'on se représente un quadrilatère ayant 25 kilomètres de long sur 5 de large ; tracez au milieu du quadrilatère dans le sens de la longueur dix lignes parallèles, vous aurez les *avenues* ; tracez dans le sens opposé 150 lignes transversales vous aurez les *rues*. L'intersection de ces lignes forme des petits rectangles parfaitement symétriques désignés sous le nom de *blocs*.

Tout a été habilement calculé dans cette distribution. Les avenues sont numérotées de 1 à 10 ; l'avenue centrale (cinquième avenue), plus large que les autres, partage la ville en deux sections à peu près égales : l'une à l'est, l'autre à l'ouest. Toutes les rues situées à droite en remontant la ville sont *east*, toutes celles situées à gauche sont *west*. La numération devient alors extrêmement facile ; exemple : 33° *Street West*, indique la 33° rue située à l'ouest de la cinquième avenue qui est l'artère centrale.

Bien plus, la division des pâtés de maisons en *blocs* a été faite d'une façon également utilitaire il faut exactement une minute pour se rendre

d'un bloc à l'autre, de sorte que lorsque je suis
chez mon ami Mariani qui habite la 15e rue et
que je veux me rendre à l'hôtel Waldorf située
dans la 33e, je soustrais 15 de 33 et je sais qu'il
me faut exactement 18 minutes pour me rendre
à destination.

On voit donc que si le système n'est pas pittoresque, il présente quelques avantages pour
l'habitant, et que la réalisation du difficile problème de la locomotion urbaine était relativement facile à New-York.

Tout ce que je viens de dire se rapporte à la
locomotion collective qui a été portée par les
Américains à son summum de perfection. Quant
aux moyens de transport particuliers, cabs, fiacres, etc., ils n'existent pour ainsi dire pas, par
cette raison bien simple qu'ils ne sont plus
nécessaires, parce que tout le monde, riche ou
pauvre, emploie les omnibus, tramways, bateaux ou chemins de fer aériens.

A part les rues réservées au commerce où l'on
rencontre des camions, on voit fort peu de
voitures particulières dans les grandes villes
américaines, ce qui diminue considérablement
l'encombrement des voies, et rend par suite la
marche des piétons infiniment plus sûre et plus
agréable.

Si la locomotion rapide, économique et démocratique des cars américains est plus avantageuse pour le plus grand nombre, elle a eu cependant l'inconvénient de supprimer l'industrie des
transports individuels par les fiacres. Les quelques véhicules de cette nature qui subsistent
sont inabordables par leur prix, ce qui s'explique par la faible demande dont ils sont l'objet.
Les fiacres coûtent 8 à 10 fr. l'heure et on n'en
trouve pas toujours au moment où la pluie ou
toute autre circonstance rend leurs services
désirables.

Il y a là, j'en conviens, un manque de confortable dont souffre pendant quelque temps
l'Européen ; car si les voitures publiques vous
rendent rapidement et économiquement d'un
point à un autre de la cité, elles vous laissent
presque toujours une portion de chemin à faire à
pied, ce qui est désagréable les jours de pluie dans
une ville ou la voirie laisse beaucoup à désirer.

Les moyens de transports urbains les plus usi-
tés en Amérique sont les chemins de fer aériens,
les tramways électriques, les cable cars et enfin
les tramways ordinaires à traction de chevaux.

Il n'est pas sans intérêt de dire quelques mots
de ces divers systèmes, surtout au point de vue
de leur application possible dans nos grandes

villes françaises. Je ne parlerai que de ceux qui
ne sont pas ou peu connus chez nous : les chemins aériens et les tramways électriques.

Les chemins de fer aériens (elevated railways) peuvent être considérés comme une des
œuvres les plus utiles et les plus intéressantes
pour l'étranger. Ils sont constitués par un immense viaduc métallique supporté par des
colonnes de fer suivant les principales avenues
et atteignant, comme hauteur, le niveau des
fenêtres du premier étage. Dans certains points
de jonction, la courbe des lignes forme presque
un angle droit. Il y a des stations tous les 500
mètres environ et le prix unique pour la ville
de New-York est de 25 centimes.

Malgré ces arrêts nombreux et le nombre
considérable des voyageurs, les trains qui se
succèdent toutes les deux minutes vont à une
vitesse commerciale de 25 kilomètres à l'heure,
ce qui est énorme.

L'*Elevated railway* de New-York transporte
annuellement plus de 200 millions de voyageurs.
Sa situation financière est des plus prospères.
Les recettes brutes se sont élevées en 1894 à
plus de 55 millions de francs. Après le paiement
de tous les frais et du dividende, il est resté une
somme de six millions de francs à distribuer

aux actionnaires. Dans une seule journée, la compagnie transporte souvent plus d'un million de voyageurs. Voilà certes une entreprise utile et rémunératrice organisée, créée et exploitée sans les subsides et l'ingérence de l'Etat.

On admet facilement qu'un tel système de locomotion soit préférable aux chemins souterrains existant à Londres, et à ceux projetés à Paris au point de vue du confort du voyageur. Mais est-il applicable dans les villes anciennes du Continent qui n'ont ni la largeur ni la symétrie des voies américaines ?

En ce qui concerne Paris, un chemin de fer aérien à deux voies comme celui de New-York défigurerait complètement l'aspect de la ville, et il ne pourrait être établi sans indemniser les propriétaires et les locataires des immeubles dont il masquerait la vue et troublerait la jouissance ; il y a en outre des différences de niveau considérables dans nos principales voies qui placeraient la ligne tantôt à 5 mètres, tantôt à 15 mètres au-dessus du sol. Il serait du reste absolument grotesque d'établir le long ou au milieu de nos boulevards un large viaduc aérien qui masquerait l'aspect des maisons et des monuments.

A New-York, ces inconvénients n'existaient

pas. Non seulement les avenues sont assez larges pour permettre à la voie aérienne de passer
au milieu sans gêner la vue des maisons ; mais
ces avenues n'ont pas de différence de niveau,
la cité étant bâtie sur un îlot plat ; d'un autre
côté les constructions de la ville, se composant
uniquement de maisons en briques et à deux étages, ne peuvent souffrir, au point de vue esthétique, de l'établissement de la ligne. La municipalité n'a du reste pas permis la construction d'un
chemin de fer aérien, ni même d'un tramway
dans la cinquième avenue dont les habitations,
plus élégantes et plus architecturales, abritent
la classe aristocratique.

De l'avis des gens compétents, l'établissement
d'un réseau aérien est impossible à Paris, autant
au point de vue de l'esthétique que de l'exécution matérielle.

Reste la traction électrique, très en faveur
dans les villes américaines.

L'exploitation des tramways électriques est-
elle possible dans nos villes françaises ?

Les voitures à accumulateurs fonctionnent à
Paris, à la satisfaction générale ; mais on sait
que ce mode de traction est trop onéreux pour
être généralisé. Il faut donc étudier la traction
électrique, économique et pratique, c'est-à-dire

celle dans laquelle un fil aérien est nécessaire.

A Boston, seule ville américaine, que ses vieilles rues permettent de comparer à Paris, la traction électrique aérienne fonctionne merveilleusement. Les voitures parcourent les voies étroites et encombrées de la vieille ville ; les fils aériens se croisent et s'entre-croisent sans apporter de gêne sérieuse à la circulation.

Sans vouloir recommander le même système dans nos rues tortueuses, j'estime que les tramways électriques rendraient les plus grands services à Paris, non seulement sur les boulevards, mais dans toutes les voies de largeur moyenne telles que la rue Lafayette.

L'établissement du fil aérien ne saurait être considéré comme un obstacle. Non seulement ces fils ne peuvent causer aucun accident, mais ils ne sauraient nuire à la décoration et à l'esthétique. Qu'on suppose les électroliers des grands boulevards reliés entre eux par un fil aérien et on aura l'effet produit par le nouveau système. Dans beaucoup de villes de l'Union, à Boston notamment, l'effet produit est assez disgracieux, mais les entrepreneurs américains ont multiplié les fils à l'infini et les ont accrochés aux maisons sans se soucier de l'esthétique. J'ai vu, au contraire, d'autres lignes établies dans la même ville avec un goût parfait. En combinant l'éclairage avec la traction, on obtient des effets artistiques qui ne dépareraient pas les cités les plus élégantes.

Pourrions-nous obtenir en France, sur nos lignes de tramways, la même vitesse des Etats-Unis ? Oui certainement, mais seulement lorsque la locomotion collective sera assez parfaite pour être universellement employée.

Le jour où Paris sera doté de tramways et chemins de fer à marche sûre et rapide, tout le monde y aura recours et le nombre des fiacres et voitures particulières sera, comme à New-York, réduit à sa plus simple expression. L'encombrement des rues diminuera considérablement et la vitesse des voitures collectives sera augmentée d'autant.

Je soumets ces simples réflexions d'un touriste, aux méditations de nos ingénieurs et édiles ; il est pénible pour un Français d'avouer que, sous le rapport de la locomotion collective, Paris est la cité la plus arriérée. Elle vient non seulement après toutes les autres capitales du monde ; mais il n'existe pas de petite ville en Amérique et même en Suisse qui ne lui soit supérieure à ce point de vue.

Les Constructions en Amérique : les Hôtels.

Les hôtels sont les monuments les plus importants de l'Amérique. Fantaisie des Astors. Description de l'hôtel Waldorf, à New-York. Confortable, luxe et hygiène. Les prix dans les hôtels. Le *Savoy Hotel*. Beaucoup d'Américains vivent à l'hôtel. Les hôtels à Chicago, à Saratoga, dans la Floride, etc.

Les hôtels sont considérés en Amérique comme des « Institutions nationales ». Ce pays a peu ou pas d'églises monumentales, mais en revanche il possède des hôtels merveilleux, tant sous le rapport architectural que sous celui du confort. C'est là qu'on reconnaît le génie pratique de Jonathan.

C'est surtout depuis une dizaine d'années que se sont élevés ces majestueux palais qui font l'étonnement de l'Européen. Avant cette époque, les hôtels des principales villes de l'Union ne laissaient rien à désirer et étaient déjà bien supérieurs à nos établissements français ; mais ils n'avaient pas ce caractère véritablement monumental qui lui a été imprimé par les milliardaires américains qui se sont plu à engouffrer leurs dollars dans des entreprises qui ne pouvaient pas être fructueuses, mais qui étaient de nature à flatter la vanité nationale.

Il faut bien le dire, l'orgueil et le désir de surpasser ce qui avait été fait en Europe est le mobile qui a fait ériger à New-York le *Waldorf*, le *Netherlands*, le *Savoy*, le *Majestic* et la plupart de ces palais qui sont de véritables monuments dans tous les sens du mot.

Il a fallu la fortune des Astor pour se payer des fantaisies dans le genre du Waldorf. En Europe, un milliardaire voudra étonner ses contemporains par la splendeur d'une résidence particulière, par l'érection d'un palais destiné à perpétuer son nom, par le luxe somptuaire de sa propre maison ; les milliardaires américains ont voulu élever de gigantesques constructions *comme il n'y en a pas en Europe* ; mais, restant toujours pratiques, ils ont consacré le trop plein de leurs coffres à élever des monuments utiles. Telle a été l'origine des grands hôtels de New-York et de Chicago : le Waldorf, le Netherlands, l'Auditorium, etc.

Il est en effet de notoriété publique que l'hôtel Waldorf, ouvert en 1893, ne fait pas ses frais ; il ne les ferait même pas si l'établissement était toujours comble et si le prix des chambres était doublé. Néanmoins le bruit fait autour de cette création gigantesque, le succès qu'elle a obtenu dans la presse et dans le monde *select*, ont décidé son propriétaire, M. Astor, à en augmenter encore l'étendue. Cet hôtel, qui occupe déjà une superficie considérable à l'angle de la Cinquième avenue et de la 33e rue, va encore être agrandi ; d'après les plans que j'ai sous les yeux, il doit occuper toute la portion de la 33e rue située entre la cinquième et la sixième avenue. Ce sera dès lors un établissement unique tant pour son importance que par son luxe.

Je dois nécessairement à mes lecteurs la description d'un de ces caravansérails et, comme je descends à l'hôtel Waldorf, c'est nécessairement celui-ci qui aura la préférence.

C'est un véritable palais de fées que le milliardaire Astor a fait sortir de la cinquième avenue à la place des constructions insignifiantes qui s'y élevaient et cela en quelques mois. Qu'on n'aille pas croire que le besoin d'hôtels luxueux se faisait sentir à New-York. Il y avait déjà le *Savoy*, le *Windsor*, le *Madison*, le *Westminster* et combien d'autres établissements somptueux qui suffisaient largement aux besoins de la population ; Astor a voulu faire mieux encore ; il a voulu élever un monument dont le monde entier envierait la splendeur ; je dois convenir qu'il y a réussi. Il est vrai de dire que cela a coûté trente millions.

D'un fort beau style néo-flamand, ce superbe palais de 12 étages élève majestueusement ses tourelles dans la plus belle avenue de New-York. Malgré sa grande hauteur il n'est pas lourd et l'architecte a su varier très agréablement les façades.

Sept à huit cents chambres sont offertes aux voyageurs dans ce palais et on me dit que, lorsque la construction en bordure sur la 33e rue sera achevée, ce nombre s'élèvera à près de deux mille !

Par « chambre » il ne s'agit pas dans les hôtels américains d'un petit placard comme ceux qu'on trouve à Paris au *Terminus*. On donne au voyageur non seulement une pièce de bonne dimension ayant 4 ou 5 mètres de hauteur, mais encore une grande salle de bains et un closet. A n'importe quelle heure du jour et de là nuit la simple pression d'un bouton vous donne des hectolitres d'eau chaude. Le chauffage est amené par de puissants appareils et la lumière fournie à profusion par des lampes à incandescence. D'épais tapis d'orient couvrent le sol des chambres et des couloirs ; aucun bruit ne trouble le repos du voyageur qui se croirait dans une véritable thébaïde.

Cette question du bain et surtout de l'indispensable water-closet a en Amérique une importance
extraordinaire qui prouve les progrès accom-
plis en hygiène publique. Non seulement chaque
chambre du Waldorf possède son W.-C. alimenté
par des torrents d'eau, mais il existe encore au
sous-sol un exutoire spécial taillé dans le marbre
blanc et qu'on pourrait appeler le *Palais des
Closets*.

On trouve dans ce lieu de délices, non seulement des commodités indispensables, mais une
série de lavabos merveilleusement aménagés, le
tout d'une propreté invraisemblable ; un nègre,
de faction à la porte, ne vous laisse pas sortir
sans vous avoir brossé de la tête aux pieds. La
même disposition se trouve dans tous les hôtels,
bars ou autres lieux publics. Le simple fait d'ouvrir la porte fait jouer la chasse d'eau de façon
à remédier aux oublis que pourraient commettre
les visiteurs.

Mais c'est surtout dans la décoration des salons
que l'architecte a surpassé tout ce qu'on peut
imaginer et a fait preuve d'un goût parfait. Une
immense salle à manger style empire ; des salons
Louis XIV et Louis XV ; des vérandas, des restaurants flamands, des serres merveilleusement
ornées ; des vestibules dans lesquels le marbre

3.

s'allie aux bronzes; en un mot, la richesse, la variété du style, sans surcharge et sans cet air lourd et criard que donne souvent à ce genre de constructions la profusion d'une trop riche ornementation.

D'immenses galeries, des sous-sols aérés, des cuisines modèles dans lesquelles on ne craint pas de faire pénétrer le visiteur, des ascenseurs multiples et rapides répondent au côté pratique. Des valets dressés et silencieux, des femmes de chambres accortes, des commis stylés, des maîtres d'hôtel entendus, des cuisiniers parfaits constituent le personnel de cet établissement qui peut à juste titre passer pour le premier hôtel du monde.

Ce n'est certes pas moi qui blâmerai M. Astor d'avoir enfoui ses millions dans une entreprise de ce genre. Si ses capitaux sont improductifs il a au moins créé une œuvre qui, si elle n'est pas philanthropique dans le vrai sens du mot, n'en rend pas moins de grands services au voyageur en mettant à sa disposition, pour un prix qui n'a rien d'excessif, le confort auquel les Vanderbilts et les Rothchilds pouvaient seuls aspirer autrefois.

Les prix n'ont en effet rien de dérisoire au Waldorf, pas plus que dans les grands hôtels de l'Union. Pour 15 à 20 francs par jour on a la tranquille possession d'une des chambres dont j'ai parlé plus haut avec la jouissance des pièces collectives admirablement organisées : Salons, restaurants, fumoirs, salles de lecture, etc. Si le prix n'est pas précisément à la portée de toutes les bourses, il est cependant abordable pour un grand nombre et n'est pas en somme beaucoup plus élevé que ceux des établissements similaires en Europe.

Il n'y a pas du reste que l'hôtel Waldorf à admirer à New-York. Le *Savoy*, mieux placé sur la lisière de *Central Park*, mérite une visite. J'ai pu l'étudier à fond grâce à l'aimable hospitalité de Madame Rhinelander Waldo qui habite ordinairement cet hôtel.

Cette énorme construction de 12 étages jouissait, avant la construction du Waldorf qui l'a surpassé en élégance, de la vogue du monde select. J'en ai fort admiré l'appartement du premier étage qui a été habité par l'infante d'Espagne pendant l'exposition de Chicago. C'est une remarquable enfilade de salons Louis XVI admirablement décorés et meublés et d'où la vue embrasse un magnifique panorama sur la Cinquième avenue et sur le Parc.

A côté du *Savoy* se trouve le *New Netherlands*

Hotel, belle construction en briques rouges de
16 étages, qui surpasse en hauteur les plus hauts
édifices de New-York. Il est provisoirement fermé, le Crésus qui l'a construit ayant renoncé à
combler chaque jour l'énorme déficit qu'entraî-
nait son exploitation. Il y a là 15 ou 20 millions
qui dorment. Je l'ai déjà dit, ces établissements
somptueux ne rapportent rien et ne couvrent pas
toujours les frais de leur exploitation ; leur création comme leur existence n'est due qu'à la munificence de milliardaires qui mettent leur point
d'honneur à prouver que l'Amérique possède les
plus beaux hôtels du monde. Je suis loin de les
blâmer, et j'estime que l'excédent de leur revenu
ainsi dépensé est plus utile que s'il était jeté sur
un champ de courses, dans le jeu ou à la cupi-
dité des femmes. En créant ces établissements,
ils alimentent l'activité commerciale et font vivre
des milliers d'employés.

Il est évident que le nombre des voyageurs et
des touristes qui fréquentent New-York ne saurait suffire à remplir ces immenses caravansérails. Leur raison d'être se trouve surtout dans
les habitudes américaines qui font que beaucoup
de personnes riches préfèrent vivre à l'hôtel
que dans des appartements particuliers. Ce système présente certainement des avantages. Pour

un prix déterminé et généralement assez modéré on est logé, nourri, chauffé, baigné, servi et amusé, sans être exposé à aucun déboire et dispensé des impôts, fatigues et autres inconvénients qu'entraîne nécessairement la tenue d'une maison. On a en outre l'avantage de n'être pas astreint à un domicile fixe, de voyager facilement sans augmenter les dépenses de la vie ordinaire, les prix des hôtels étant à peu près les mêmes dans toutes les grandes villes du Globe. C'est l'application de ce système qui rend l'Américain si voyageur et nous vaut les fréquentes visites qu'il fait en Europe. Celui qui n'a pas les moyens de s'installer au *Waldorf* ou au *Savoy* trouve, à des prix extrêmement convenables, un gîte et une nourriture convenables dans une des nombreuses pensions (Boarding-house) qui pullulent dans toutes les cités des Etats-Unis.

Après New-York, c'est Chicago qui passe pour posséder les plus beaux hôtels de l'Union. Ceux-ci, construits pour la plupart en vue de la *Foire du monde* de 1893, sont aujourd'hui dans un marasme épouvantable. Il y a eu dans cette industrie un véritable *krach* après l'exposition, qui n'a pas du reste donné les bénéfices qui avaient été escomptés. Les villes de l'Ouest n'offrent pas aux oisifs et aux rentiers le même attrait que New-York et les hôtels n'ont pas, dans la même proportion, la clientèle des habitants fixes. Je parlerai, en visitant Chicago, d'un des hôtels les plus célèbres de l'Amérique : l'*Auditorium*. C'est un bâtiment imposant et grandiose qui s'étale somptueusement sur les bords du Michigan et qui peut figurer parmi les constructions les plus remarquables des Etats-Unis.

Mais les caravansérails les plus extraordinaires sont ceux qui ont été élevés dans les villes d'eaux, les bords de la mer et les stations hivernales.

Le grand hôtel de l'*Union* à Saratoga a été pendant longtemps une des curiosités de l'Amérique. Il contient plus de deux mille chambres et ses façades occupent plus d'un kilomètre de longueur. Ses salons couvrent une superficie de trois kilomètres carrés. Mille personnes peuvent s'asseoir dans la salle à manger principale.

On sait que Saratoga est la ville d'eaux par excellence dans laquelle des milliers d'Américains du Nord, du Sud, des Antilles viennent se retremper chaque année.

Dans la partie de la Floride où vont les malades pour éviter les hivers rigoureux de New-York, il y a de nombreux hôtels de 500 chambres. Mais si ces constructions sont remarquables par leur étendue elles sont très légèrement élevées et ne peuvent, sous aucun rapport, se comparer avec le *Waldorf*, de New-York, et l'*Auditorium*, de Chicago, qui sont les constructions les plus remarquables des Etats-Unis.

J'en ai dit assez sur les hôtels du Nouveau-Monde pour que le touriste soit assuré de trouver au delà des mers le luxe qu'il n'a pas toujours chez lui. Mais si les palais offerts aux voyageurs sont grandioses, ils ne réalisent pas toujours, au point de vue familial, ce confort intime, ce *home* qu'on trouve encore à Paris à l'*Hôtel Chatham* et dans quelques maisons que les Américains eux-mêmes ont adoptées pour les longs séjours qu'ils font dans notre capitale.

Les constructions en Amérique :
Les maisons à New-York.

Comparaison entre New-York et Londres. Similitude
des constructions dans tous les pays saxons. Le
confortable prime l'architecture. Maisons à étages.
Prix du terrain à New-York. Richesse de quelques
habitations privées.

J'ai toujours pris un vif intérêt à l'étude de
l'habitation qui semble se rattacher à l'anthro-
pologie par des liens assez directs. L'homme se
montre plus encore par la façon dont il se loge
que par la façon dont il s'habille et les progrès
de l'art de construire ont toujours été en rapport avec ceux de la civilisation.

New-York présente du reste sur ce point un
intérêt particulier non seulement par l'aspect de
ses habitations privées que par le caractère que
l'architecture utilitaire a su donner aux édifices
commerciaux.

Si l'on veut établir des points de comparaison
entre deux grandes villes au point de vue de la
construction il faut mettre en parallèle New-
York et Londres ; Paris ne pouvant sous aucun

rapport être placé sur le même terrain. A New-York comme à Londres, chaque famille a une habitation particulière ; dans les deux villes on construit en briques, dans les deux villes aussi on aligne des centaines de maisons sur un même plan désespérément uniforme. Les maisons ont toutes la même façade, toutes la même profondeur, toutes la même hauteur ; elles sont toutes précédées par le même escalier. Comme style, comme architecture, c'est nul aussi bien à Londres qu'à New-York.

Il faut donc chercher dans l'aménagement intérieur l'élément de comparaison ; or, je n'hésite pas à déclarer que, sous ce rapport, New-York est infiniment supérieur à Londres. Non seulement les Yankees ont quelque souci de la façade qu'ils font en pierre, mais ils finissent mieux l'intérieur dans lequel ils emploient à profusion les plus beaux bois, tels que l'acajou, l'érable et le chêne. Les murs sont partout revêtus de sapin ou d'érable ; les plafonds sont très ornementés, peints ou recouverts de beaux caissons de bois. Les cuisines sont spacieuses, d'une propreté hollandaise et pourvues des appareils les plus perfectionnés pour le chauffage de l'eau distribuée à profusion dans toute la maison. Les calorifères sont organisés de façon à pouvoir donner à toutes les pièces une température d'au moins 20°. Il y a, à côté de chacune des principales chambres, une salle de bain et un *closet*. Tout cela respire le confort, l'aisance et même le luxe, mais un luxe simple qui n'a rien de criard.

Quant à l'ameublement, il vaut mieux ne pas en parler ; il est lourd, massif, sans aucun style et pas toujours confortable. On rencontre partout les inévitables *rocking-chairs*, chaises à bascule qui sont un véritable supplice pour l'étranger, car ce sont souvent les seules qu'on vous offre.

Sans doute, les maisons de New-York ont le défaut d'être étroites, sans façade et toutes en profondeur. La largeur de la façade sur rue varie de 6 à 7 mètres et ne dépasse jamais 9 mètres. L'ensemble de la distribution s'en ressent. Toutes les pièces sont des boyaux et il n'existe pas de vestibules ni d'antichambres. Un simple couloir conduit au pied de l'escalier qui est nécessairement étroit et mesquin. Mais là encore les Américains ont fait mieux que les Anglais. Chaque maison est pourvue d'une double porte entre laquelle se trouve un petit vestibule dans lequel le visiteur peut attendre à l'abri du vent et de la pluie, qu'on réponde à son appel, ce qui est toujours très long chez les Yankees comme chez les Anglais.

La description que je viens de faire s'applique à une maison ordinaire, à celle que possède tout rentier ou négociant dans l'aisance. Il existe en outre dans la cinquième avenue, dans *Madison avenue* et dans le voisinage de *Central Park*, des maisons construites par les milliardaires et qui ont la prétention de se comparer aux palais de Venise ou de Florence. On a certainement dépensé beaucoup d'argent pour construire les maisons de la cinquième avenue, mais je ne puis dire qu'on soit arrivé à faire de grandes choses. La plupart de ces habitations sont trop étroites, elles n'ont pas les dégagements nécessaires et sont toutes dépourvues de péristyles ou de portes cochères. De plus, la plupart de ces palais sont construits en pierre brune, ce qui donne à l'ensemble un air triste et monotone. Il y a cependant quelques exceptions et je considère la maison de M. Cornélius Vanderbilt, construite par M. George B. Post, au coin de la 57me rue, comme un joli spécimen de l'architecture du XVIe siècle.

Le système des maisons à étages et à appartements, universel à Paris et en grande vogue à Londres, n'existe pas encore à New-York. Les quelques constructions de ce genre méritent cependant une mention. J'en ai visité quelques-

unes près de *Central Park* et j'ai considéré que
sous ce rapport, les Américains avaient réalisé
des progrès considérables sur les Français. Non
seulement ils ont fait grand et beau, mais ils
ont introduit des innovations. Dans le prix de
la location sont compris le chauffage, l'éclairage
électrique, l'eau chaude nécessaire pour alimenter les baignoires, le téléphone et tous les
perfectionnements imaginables. Des ascenseurs
électriques à grande vitesse desservent tous les
étages et conduisent au sommet de l'édifice où
se trouvent établies une cuisine et une salle à
manger collectives où chaque locataire peut
prendre ses repas s'il le désire. En un mot, les
appartements n'ont pas de cuisine. Je connais
plusieurs familles qui emploient ce système à
New-York et qui s'en trouvent très bien. Il est
certain que bien des appartements parisiens
seraient parfaits s'ils n'étaient pas infectés par
des odeurs de cuisine et que bien des maîtresses
de maison seraient soulagées d'un grand poids
si elles n'avaient pas la responsabilité ou l'ennui
de la *popote*.

Ce qui est vraiment exorbitant à New-York,
c'est le *prix du terrain*. Dans des quartiers qui
n'ont rien d'extraordinaire et sont même assez
éloignés du centre fashionable, on paie facile-

ment le terrain mille francs le mètre, de sorte qu'il faut un capital d'environ 500.000 francs pour acheter une petite maison ayant de 6 à 7 mètres de façade et cela dans une rue très ordinaire.

Ce prix élevé s'explique par la situation spéciale de la ville de New-York qui est bâtie sur une île longue et étroite et séparée de Jersey et de Long Island par de larges rivières que les besoins de la navigation ne permettent pas de couvrir de ponts.

On a déjà cependant établi le célèbre pont suspendu qui relie Brooklyn à New-York. Je crois que, lorsque le génie américain aura établi des voies faciles de communication avec les rives voisines, soit par des ponts élevés, soit par des passages souterrains, la ville de New-York pourra s'étendre facilement en largeur ; et on verra alors baisser sensiblement le prix des terrains. C'est là une simple opinion que j'émets ; elle sera certainement sans influence sur la valeur foncière des propriétés des nombreux amis que je possède dans la grande cité américaine.

Ce que je viens de dire des maisons particulières de New-York, s'applique à toutes les autres villes de l'Union. J'ai beaucoup admiré le confortable des maisons particulières à Boston, à Philadelphie et surtout à Washington. Dans cette dernière ville, l'espace moins restreint a permis de construire de magnifiques habitations urbaines entourées de jardin et pourvues soit de portiques, soit de portes cochères permettant d'approcher de sa maison en voiture, ce qui est un vrai luxe en Amérique. A Chicago, mon ami le Dr Dudley, habite une maison très confortable qui ferait envie à nos plus célèbres richards parisiens. En allant plus loin, dans le *Far-West*, à Denver, on trouve les plus luxueuses résidences et M. Campion m'a montré les plans d'un véritable palais.

Ce que j'ai dit pour le mobilier ne s'applique bien entendu qu'à la moyenne des habitations bourgeoises. Les riches habitations de la cinquième avenue et des rues avoisinant Central Park, contiennent au contraire des merveilles d'ameublement ancien ou artistique. Les Américains, arrivés en Europe avec d'énormes capitaux, ont raflé les plus beaux meubles, les plus belles tapisseries, les objets les plus luxueux. Beaucoup de maisons particulières sont de vrais musées dont bien des villes d'Europe auraient le droit d'être fières. Il y a à New-York et dans la plupart des villes de l'Union, des galeries de tableaux modernes valant plusieurs millions de francs. A Baltimore, M. Walkers a réuni la plus belle galerie moderne qui soit au monde.

Je ne puis cependant laisser croire au lecteur bénévole que toutes les habitations américaines sont bâties d'après le type que je viens de décrire. Dans les villes de l'ouest, dans les campagnes, les maisons sont construites très sommairement avec les matériaux que les premiers pionniers ont trouvé sur place, c'est-à-dire avec du bois, le plus souvent du sapin. Le Chicago qui a brûlé en 1871, était entièrement en bois. Il en est de même dans la plus grande étendue du territoire américain et il suffit d'une allumette pour réduire une construction en cendres. Néanmoins, ces maisons primitives sont confortables ; elles sont faciles à chauffer et presque toujours bien aménagées sous le rapport de l'aération et de la distribution de l'eau et du calorique.

Les constructions aux Etats-Unis:
Les maisons à vingt-cinq étages.

Les constructions élevées à New-York et à Chicago. Contraste de ces bâtiments avec les monuments. Difficultés techniques rencontrées pour élever ces édifices. Description d'une maison de 117 mètres de hauteur.

Le voyageur qui arrive à New-York par le transatlantique contemple l'aspect imposant de la baie; à droite Brooklyn et un pont monumental; à gauche, Jersey-City; au centre est la grande ville qui se distingue, non par ses minarets, ses dômes, ou ses clochers, mais par ses bureaux élevés de plus de cent mètres et dominant tous les autres édifices. C'est là New-York.

Ces bâtiments de 20 étages et plus peuvent être considérés comme des curiosités, mais je n'espère pas que les Américains prétendent nous les présenter comme des merveilles de goût et d'architecture. L'existence de ces maisons n'a aucune excuse; elles sont horribles, écrasent tous les édifices environnants, enlèvent aux rues et aux habitations voisines l'air et le soleil. Leur construction peut présenter quelques difficultés techniques et entraîne à des frais considérables pour les fondations ; mais les architectes de tous les pays du monde pourraient en faire autant, s'il n'y avait en Europe des édits fort salutaires qui ne permettent pas de dépasser une hauteur raisonnable.

L'orgueil peut seul expliquer l'existence de ces offices à 25 étages ; en tout, les Américains veulent faire plus grand qu'ailleurs ; ils n'ont d'autre but que d'étonner et d'enfoncer la vieille Europe. Ils peuvent se rassurer, nous ne leur emprunterons pas ce genre d'architecture.

Il est bon de dire que la plupart de ces *tall buildings* ont été construits par des banques ou des compagnies d'assurances dans un but de réclame. La *New-York* a fait élever un bureau de 20 étages, une autre société La *Manhattan life insurance* en construit un maintenant de 24. Il n'y a pas de raisons pour qu'on s'arrête dans cette voie, à moins que l'Etat ne prenne des mesures législatives pour enrayer cette folie comme cela vient d'avoir lieu à Chicago où on a limité à 50 mètres la hauteur des maisons, ce qui est déjà colossal.

J'ai voulu étudier à fond la construction et le fonctionnement de ces énormes mastodontes. Un architecte éminent, M. Kimball, qui est l'au-

teur de plusieurs édifices remarquables, a bien
voulu me piloter dans l'immense bâtiment qu'il
construit aujourd'hui dans *Broadway* pour la
Manhattan life insurance et qui n'est encore
arrivé qu'à son 18e étage ; il doit en avoir 24, et,
quoique inachevé, il est déjà occupé par plusieurs bureaux.

Ce qui rend surtout disgracieux ces édifices,
c'est le petit espace sur lequel ils sont construits.
Ainsi, voici une maison dont la hauteur totale
sera de 117 mètres et qui n'a que 19 mètres de
façade ! Malgré les efforts faits par l'architecte,
il est impossible de donner du style à une masse
aussi disproportionnée.

Le système employé pour la construction de
ces édifices élevés, mérite d'être signalé. On
élève d'abord la charpente ou plutôt le squelette
en fer ; ce n'est que lorsque la structure d'ensemble est terminée qu'on construit les murs en
pierre et en brique ; ceux-ci sont destinés à
servir d'ornement et de protection contre le
froid et nullement à supporter la maison.

Les Américains croient avoir inventé ce mode
de construction, et j'ai surpris plus d'un architecte en lui disant que j'avais vu ce système
appliqué à Lisbonne, où il est en usage depuis
plus d'un siècle. Il est vrai que les Portugais
agissent ainsi pour se protéger contre les trem-

blements de terre, depuis la terrible catastrophe de 1761.

Mais avant d'élever cette structure intérieure en fer, il faut donner une base solide à un édifice, qui doit s'élever à plus de cent mètres de hauteur. Cela n'est pas facile dans Broadway, où le sol, composé de terrains d'alluvions, est des plus instables. Les Américains ont eu à vaincre, sous ce rapport, de grandes difficultés et M. Kimball a dû, pour asseoir son immense bâtiment, employer le système des caissons pneumatiques, mis en usage pour fonder les piles des ponts. Seize caissons ont été placés à une profondeur de 48 mètres. Les fondations de ce bâtiment ont coûté 850.000 francs, ce qui fait près de mille francs par mètre superficiel. C'est plus que la valeur du terrain.

Les bureaux du *Manhattan insurance* ont une hauteur totale de 117 mètres ; ils se composent d'un premier bâtiment de 18 étages, puis d'un bâtiment superposé en forme de tour terminé par une coupole. Dans la tour, se trouvent encore ménagés 6 étages. C'est l'édifice le plus élevé qui existe à New-York. L'église de la Trinité, dont la gracieuse flèche s'élève dans le voisinage est complètement écrasée, ainsi que tous les autres édifices publics ; la poste, l'Hôtel de Ville, (City Hall), la douane, etc.. On peut dire aujourd'hui que New-York, ne possède pas des monuments, mais des bureaux.

Par exemple, ce que j'admire sans réserve, c'est l'ingéniosité déployée pour rendre la vie agréable dans ces immenses *offices* ; les ascenseurs, très nombreux, vont à une vitesse vertigineuse (1), le chauffage, l'éclairage, la ventilation, les services sanitaires sont merveilleusement organisés. J'ajouterai que, dans le *Manhattan building* un artiste distingué, M. Traitel, a su relever le ton un peu sévère de la décoration, en introduisant de fort belles mosaïques. Une partie des matériaux et notamment les revêtements en carrelage blanc ont été empruntés à l'industrie française.

Cette manie des constructions élévées n'est pas spéciale à New-York, elle sévit dans toutes les villes de l'Union, même dans celles ou la rareté et la cherté du terrain ne justifie pas de telles extravagances. Le temple maçonnique de Chicago dont la réputation est universelle, peut être considéré comme une véritable tour de Babel. Nous avons décrit, en parlant de la capitale de l'Ouest, l'*Auditorium* qui est à la fois un hôtel, un théâtre, un observatoire et un club.

(1) La vitesse de certains ascenseurs est telle que le voyageur est obligé de s'asseoir pendant la montée.

Ce dernier bâtiment situé sur les bords du lac Michigan, a cependant un bel effet architectural. A Philadelphie, un misérable brasseur a élevé devant l'Hôtel-de-Ville une maison de 15 étages qui masque entièrement le monument.

Un vent de réaction se produit cependant contre cette manie, et plusieurs villes ont déjà pris des arrêtés interdisant la construction de maisons dépassant 40 et 50 mètres de hauteur.

4.

Quelques villes de l'Union : New-York.

L'arrivée. Sandy-Hook et l'Ile de la Liberté. La popu-
lation de New-York plus importante et plus dense
que celle de Londres. Descente du bateau : Bowling
Green et Broadway. Les maisons de vingt étages.
Madison square. Les Hôtels. Le Waldorf. Central
Park, Riverside Park. Les habitations particulières.
Les hôpitaux. Les clubs. Les impressions des rues.
La vie à New-York. Le pont de Brooklyn. Vue
sur la rade de New-York. Le départ pour Boston
par la Rivière de l'Est.

Je ne dépeindrai pas les beautés de la baie
de New-York, à partir de Sandy-Hook où il est
d'usage de saluer la terre américaine. De nombreux écrivains ont fait connaître sous des
couleurs plus ou moins poétiques, l'animation
de ce port merveilleux qui reçoit chaque année
plus de six mille vaisseaux de grand tonnage, et
qui est la principale porte d'entrée de l'Union.

Après avoir passé Sandy-Hook, on atteint
rapidement la petite *Ile de la Liberté* au milieu
de la baie d'Hudson, sur laquelle a été élevé le
célèbre monument de Bartoldi qui fait très bel
effet sur son piédestal gigantesque.

En face, la cité de New-York située dans l'île

de Manhattan, entre l'Hudson et la Rivière de
l'Est ; à droite, Brooklyn ; à gauche, les immenses agglomérations de Jersey-City, Newark,
Elizabeth. Le tout forme une masse imposante
de constructions, d'édifices, d'usines, de bateaux
dans lesquels s'agitent plus de trois millions
d'êtres humains.

Quoique la population de *New-York City* ne
se compose officiellement que de deux millions
d'habitants, il convient d'ajouter à ce chiffre les
agglomérations formées par Brooklyn et Jersey-
City qui ne sont séparées de la Métropole que
par des rivières ; on obtient ainsi un groupement plus élevé que celui de Londres qui passe
à tort, à mon avis, pour la plus peuplée du
monde.

On ne doit estimer la population d'une ville, que
par son groupement, et non par les statistiques
officielles basées sur une délimitation arbitraire.
Il faut bien savoir que les 4 millions d'habitants
qu'on accorde à Londres ne sont obtenus que
par la réunion de plusieurs villes, séparées par
de vastes champs cultivés. Si on transporte
l'aire qu'occupe la capitale Anglaise sur New-
York ou sur Paris, on s'aperçoit que les deux
dernières villes, sont de beaucoup plus peuplées
ou qu'elles renferment, par kilomètre carré, un

bien plus grand nombre d'individus. Londres ne contient en effet que 12 habitants par maison, tandis que New-York en contient 16 et Paris 35.

Je considère donc New-York et sa banlieue, comme la plus grande agglomération humaine du monde entier ; ces nombres de millions sont d'autant plus fantastiques, qu'en 1776, lors de la déclaration de l'Indépendance, cette ville n'avait que 25,000 habitants.

Mais quittons ces froides statistiques pour conduire le touriste dans la grande cité Américaine.

Il est d'usage, lorsqu'on parle de la descente du bateau, de renchérir sur « les horribles quais de bois », de maudire « l'agent affairé qui vous bouscule », de critiquer en un mot la cohue et le mouvement qui existent inévitablement sur les quais d'un port à l'arrivée d'un paquebot. Un auteur récent a même pu dire et écrire, que la descente à New-York lui avait paru tellement hideuse qu' « il n'avait pu supporter le coup » et était revenu en France par le premier bateau.

Je ne connais rien de plus absurde et de plus inexact que les assertions ou plutôt les impressions qui ne peuvent provenir que d'individus inexpérimentés ou maladifs. J'ai passé l'Océan bien des fois ; j'ai débarqué à New-York, au

Havre, à Saint-Nazaire, à la Havane, à Marseille
et dans la plupart des grands ports du monde.
Je n'en ai pas vu où l'atterrissage soit mieux
ordonné et plus rapide qu'à New-York. Le
bateau s'amarre le long d'un hangar couvert ;
le voyageur qui en a quelque peu l'habitude
remet ses bagages à un des agents qui attendent
sur le quai et monte dans un des nombreux
fiacres qui stationnent dans le voisinage. Il va
sans dire que le touriste qui n'a jamais voyagé
et ne sait pas l'anglais, ne se tirera pas aussi
facilement d'affaire s'il n'a pas eu la précaution
de prévenir des amis ou un hôtelier qui devra
l'attendre à l'arrivée.

A New-York comme dans toutes les villes du
monde le débarcadère des bateaux se trouve
nécessairement placé dans un quartier popu-
leux, mal entretenu, où grouille la partie la
moins brillante de la population. L'Amérique ne
saurait différer sous ce rapport des autres pays.

Mais je suis maintenant installé dans un des
somptueux hôtels de la cité et j'ai vite oublié,
après une bonne nuit de repos et un délicieux
bain, les fatigues de la traversée et les quelques
inconvénients de mon débarquement. Je commence ma visite.

Je prends l'île de Manhattan à la pointe qu'elle

forme, à son sommet, à l'intersection de l'Hudson et de la Rivière de l'Est. C'est là que se trouve la New-York primitive, la ville du mouvement et des affaires. C'est d'abord *Castle Garden*, lieu de débarquement où les émigrants sont examinés, classés et dirigés ; puis *Bowling Green*, où se trouvent les bureaux des principales compagnies de navigation ; enfin le célèbre *Broadway* que tous les européens connaissent de nom.

Le voisinage du *Stock Exchange* de Londres peut seul être comparé avec cette artère au point de vue du mouvement, de l'animation et de la cohue, qui est encore augmentée par la circulation non interrompue des tramways. D'énormes camions, des fiacres, des hommes sandwichs, des multitudes de piétons affairés se croisent dans tous les sens. Le touriste qui veut parcourir Broadway devra monter dans un tramway s'il veut effectuer son voyage avec sécurité.

La grande artère américaine ne mérite plus aujourd'hui son nom de *Broadway* (Rue large) que lui avaient donné les premiers colons. Non seulement la cité compte beaucoup d'avenues plus longues et plus larges, mais elle se trouve encore rétrécie par les énormes constructions de 20 étages qu'on y élève chaque jour. J'étudie dans un autre chapitre ces mastodontes, néga-

tion de l'art moderne, qui déparent la plupart
des grandes cités américaines ; mais c'est surtout à New-York, où elles font le plus déplo-
rable effet en interceptant la lumière et en écra-
sant les nombreux monuments élevés pendant
la première partie de ce siècle. Pour ne citer
qu'un exemple, je parlerai de l'Eglise de la Trinité, gracieux édifice gothique dont les deux
flèches sont anéanties et écrasées par la masse
hideuse des bâtiments d'une compagnie d'assurances qui s'élèvent, dans un but de réclame, à
la hauteur colossale de 117 mètres. J'en dirai
autant de tous les monuments dignes de ce nom
qu'on pouvait autrefois admirer dans Broadway
et dont les Américains avaient quelques raisons
d'être fiers : l'Hôtel de ville (*City Hall*), l'Eglise
Saint-Paul, la Poste, etc.

Je dois cependant donner une mention exceptionnelle aux bureaux du *New-York Herald*.
Son directeur, dont la fantaisie n'exclut pas les
goûts artistiques, a voulu sans doute faire un
heureux contraste avec ses collègues de la
presse. Il avait certes le droit de dépasser tous
les autres ; il a eu le bon goût d'élever un
palais élégant, spacieux et bien proportionné,
qui peut être considéré comme une des constructions les plus élégantes de la cité.

La cohue diminue lorsqu'on arrive à *Madison*

Square, jolie place bien ombragée et décorée des statues de Willam Stewart et de l'amiral Farragut.

Quoiqu'il soit maintenant éloigné de la partie fashionable de la ville, ce square peut être considéré comme un centre de distraction très agréable pour les étrangers. C'est dans son voisinage que sont placés les théâtres et concerts et les principaux hôtels ne se trouvent qu'à quelques minutes de distance. C'est un bon relai pour le touriste qui peut s'y reposer et s'orienter à loisir sans crainte d'être écrasé. Madison Square se trouve, en effet, au point d'intersection de *Broadway* et de la *Cinquième avenue,* la véritable artère centrale de New-York qui traverse la ville dans la plus grande longueur et d'où partent toutes les autres rues simplement désignées par leur numéro d'ordre. J'ai déjà décrit cette disposition en damier des villes américaines qui, si elle n'est pas pittoresque, a tout au moins l'avantage de la simplicité et de la commodité.

Le voyageur qui ne passe que quelques jours à New-York peut employer utilement son temps et son attention à visiter les Hôtels, les Parks, les habitations privées, les bureaux, les grandes administrations, les hôpitaux, les musées, les clubs. Il ne devra pas quitter la ville sans avoir fait quelques promenades fluviales tant sur la rivière Hudson que sur le petit bras de mer qui sépare New-York de Long Island et Brooklyn, plus justement désigné sous le nom de *Rivière de l'Est* (East River).

On peut s'étonner de voir mentionner les hôtels parmi les monuments dignes de remarque. La description que j'ai faite plus haut suffira pour convaincre l'Européen que les Américains nous ont devancé depuis longtemps dans l'art d'héberger confortablement et luxueusement les voyageurs. Bien plus, ils considèrent leurs hôtels comme des monuments publics et ils en sont aussi fiers que nous pourrions l'être de nos palais nationaux. En cela je trouve qu'ils ont raison. Les progrès qu'ils ont réalisés pendant ces dix dernières années dépassent tout ce que l'imagination peut rêver. Grâce aux capitaux jetés à profusion par leurs Crésus ils ont élevé à la hauteur d'une institution nationale l'art de construire des hôtels ou le luxe rivalise avec le confort.

A côté du *Waldorf*, dont j'ai déjà longuement parlé, il faut citer le *Savoy*, qui est un des plus beaux ornements de la cinquième avenue. J'ai également remarqué à gauche de *Central Park* une construction colossale encore inachevée qui

doit être un des plus grands hôtels du monde :
le *Majestic*. Si j'en juge par son apparence extérieure, massive et imposante, ce monument mérite son nom.

Le voyageur qui aura pu apprécier le confortable du Waldorf ou du Savoy pourra, après
de nombreuses pérégrinations dans Broadway,
trouver du repos et de la fraîcheur dans les
parcs.

Lorsqu'on jette un regard sur le plan de
New-York on trouve *Central Park* indiqué par
un tout petit espace rectangulaire. Ce n'est que
cela le parc tant vanté !

Mais on oublie qu'on se trouve en Amérique
où tout revêt des proportions gigantesques. Ce
petit rectangle a un kilomètre de largeur sur
cinq de longueur. Grâce à l'ingénieuse distribution de son parc il paraît encore dix fois plus
grand. On prétend qu'il a été dessiné par un
ingénieur français. Je n'ai pu avoir des renseignements précis sur ce point ; mais, quel qu'en
soit le Le Nôtre, je déclare qu'il était impossible
de tirer meilleur parti de cet espace situé au
cœur même de New-York.

Des avenues spacieuses, des ondulations sa-
vamment combinées, des pelouses admirablement peignées, des arbres d'essence rare, des

rochers, des cours d'eaux, des lacs, des casca-
des, des kiosques, des grottes ; on trouve dans
ce petit parc, qui donne l'illusion d'une véritable forêt de mille hectares, tout ce que nous
avons dans nos bois de Boulogne et de Vin-
cennes.

Un nombre considérable d'équipages et des
nuées d'enfants et d'amoureux qui prennent
leurs ébats les jours de soleil, me rappellent
que je suis au milieu d'une ville. Celui qui,
comme moi, a vu créer *Central Park*, qui date
seulement de 1860, peut se demander comment
on a pu transformer ce sol stérile et rocailleux
en une aussi gracieuse promenade.

Riverside Park est formé par une bande de
terrain étroite et mouvementée située le long de
la rivière Hudson entre la 72e et la 130e rue.
Une magnifique avenue en corniche entourée
de beaux massifs et bordée à gauche par le large
fleuve encaissé et à droite par des habitations
qui rivalisent par leur luxe avec celles de la
cinquième avenue.

Riverside Park est une promenade à faire en
voiture ; elle n'est pas encore dans tout son
éclat ; mais il est certain qu'elle deviendra dans
quelques années la résidence favorite de l'aristocratie de New-York. Ce qui en fait surtout

le charme, c'est la belle vue dont on jouit sur un fleuve animé et sur la rive opposée de l'Hudson, qui est très verte et bien boisée.

La promenade serpente le long du fleuve, montrant au touriste un spectacle toujours varié : tantôt c'est un de ces bateaux géants comme on en voyait autrefois sur le Mississipi qui transporte les voyageurs de New-York à Buffalo ; tantôt c'est une série de bateaux de plaisance qui évoluent sur le grand fleuve ; plus bas c'est le grand mouvement des navires de commerce et des chalands. Mais ce que j'admire le plus dans *Riverside*, c'est la variété des constructions qu'on y élève.

Il est impossible de faire avec plus de goût des maisons agréables à voir sous toutes leurs faces. Ces maisons appartenant au style de la reine Anne ou au genre hollandais me font toujours plaisir à voir ; il serait à désirer que nos architectes aillent faire un tour à Londres ou à New-York pour apprendre à y construire de belles villas au lieu des détestables maisons carrées dont on a inondé la banlieue parisienne.

Il y a encore beaucoup d'autres parcs et jardins à signaler : *The Battery*, *Bowling Green*, *V ington square*, *Bryant Park*. C'est dans ce

dernier parc que vient d'être élevée la belle statue de Marion Sims qui fut mon maître et mon
ami et qui fut justement appelé le *père de la
gynécologie* et dont le fils Harry Sims, est un
des professeurs les plus distingués de la Policli-
nique de New-York.

J'ai déjà parlé des habitations privées de
New-York qui sont de beaucoup supérieures à
celles du même genre à Londres. Je ne revien-
drai pas non plus sur les maisons de 15 étages
dont je suis un profond contempteur, mais que
l'étranger doit visiter non seulement par curiosité, mais pour en admirer l'ingénieuse distribution. Si on peut reprocher à ces immenses
constructions de manquer à l'esthétique, il faut
rendre justice à leur utilité ; on ne peut en dire
autant de la Tour Eiffel.

Les hôpitaux de New-York méritent une mention spéciale, non seulement parce qu'ils sont,
comme à Londres, entretenus par la seule initiative individuelle, mais parce que quelques-uns
d'entre eux, construits récemment, sont de véritables modèles au point de vue du confort, de
l'hygiène et de l'asepsie.

Grâce à l'obligeance de mes amis de New-
York les docteurs Polk et Starr, qui ont bien

voulu me servir de cicerone, j'ai pu visiter dans tous leurs détails les principaux établissements : L'*Hôpital Bellevue*, cette pépinière d'excellents élèves ; le Roosevelt, auquel est annexée la plus belle salle d'opérations du monde entier (Syms operations building) ; l'Hôpital Saint-Luc ; l'*hôpital des femmes*, etc.; le beau pavillon de la maternité dû à la munificence de M. Sloane.

J'engage tout étranger, fût-il étranger à la médecine, à visiter au moins un de ces établissements. Il admirera la propreté, l'ordre, la bonne administration qui y règnent ; j'ai été moi-même frappé par l'excellente tenue des *nurses* (gardes), qui sont des modèles de savoir, de douceur et de patience.

Mais ce qui intéressera surtout le visiteur, c'est le pavillon *Sloane*, à la Maternité, et la salle d'opérations de *Roosevelt*, construits récemment d'après des perfectionnements inconnus en Europe. Le *Syms operations building*, qui a coûté près de deux millions, est un établissement véritablement princier et dans lequel les architectes ont peut-être trop prodigué le marbre. A mon avis, on a dépassé la mesure, et l'asepsie opératoire ne réclame pas tant de luxe. Je connais la valeur des habiles chirurgiens de *Roosevelt*, mais je sais aussi que d'aussi bons résultats sont obtenus dans les autres hôpitaux de New-York qui ne sont pas pourvus de salles d'opérations de deux millions. Il eût été préférable, à mon avis, de fonder 50 lits de plus à l'hôpital que d'y annexer un bâtiment qui est plutôt une curiosité qu'une annexe absolument nécessaire. Il est vrai de dire que cette construction a été élevée à une époque où Lister régnait en souverain et où l'antisepsie n'avait pas encore été remplacée par l'asepsie.

Mais j'ai hâte de quitter ce terrain, beaucoup trop technique, pour parler d'un autre genre d'établissements, moins utiles, mais non moins bien compris à New-York. Je veux parler des Clubs.

Mes amis m'ont présenté dans les principaux. Si les clubs américains sont moins grandioses quant à leur aspect extérieur que ceux du Pall Mall de Londres, ils m'ont paru mieux compris sous le rapport du confort et de l'aménagement intérieur. On y sent, en outre, une atmosphère de bien-être, de cordialité qui contraste très heureusement avec la froideur britannique.

Il y a plus de 300 clubs à New-York dont l'existence est assurée par des revenus suffisants. Quelques-uns sont extrêmement riches et ont le maniement de fonds considérables. Le *Manhattan Club*, par exemple, fait chaque année une recette d'environ deux millions de francs en y comprenant le produit des dîners, des cotisations, etc. J'étonnerai encore plus les français en leur disant que cet établissement ne tire pas ses revenus de l'ignoble cagnote qui déshonore la plupart des cercles de Paris.

Après le *Manhattan*, l'*Union League* figure parmi les clubs les plus importants de New-York avec un budget annuel de 300.000 dollars.

Il y a encore 8 ou 10 établissements de cette importance parmi lesquels l'*University*, le *New-York*, l'*Union Club*. J'ai conservé un excellent souvenir gastronomique du dîner qui m'a été offert dans ce dernier club par mes amis les Drs Starr et Polk.

Si l'on considère qu'il y a encore à New-York environ 300 clubs plus ou moins riches, on comprend aisément l'importance de la vie *clubiste*.

Chaque club a du reste sa clientèle particulière. L'*Union League*, qui occupe un somptueux palais dans la cinquième avenue, est surtout fréquentée par les sommités de la finance, de la politique et de la diplomatie. L'*Aldine* reçoit le monde de la République des lettres : auteurs, éditeurs et imprimeurs. Le *Knickerbocker* est très fermé et ne reçoit que les descendants des anciennes familles de la cité ; c'est le jockey-club de New-York. J'en dirai autant du *Saint-Nicholas*, dont les membres doivent faire la preuve qu'ils descendent d'une famille établie à New-York avant 1785. Le *Players-Club*, semblable au *Garrick*, de Londres, a été créé pour les acteurs par le célèbre Edwin Booth, qui y a consacré sa propre maison ; il contient une magnifique bibliothèque théâtrale.

Le *Racquet Club* réunit tous les amateurs d'exercices physiques : escrime, équitation, boxe, lawn-tennis, acrobatie, etc. ; il contient d'immenses salles de gymnastique, de douches, de bains et d'étuves.

Au point de vue politique il existe une différence très tranchée entre le *Manhattan*, fréquentée par les démocrates et l'*Union League* fréquenté par les républicains.

Les israélites sont également très fiers de leurs clubs ; comme ils étaient exclus des grands cercles de New-York, ils ont voulu, poussés par une stimulation louable, faire grand et beau.

L'étranger sera facilement admis dans tous les clubs comme visiteur ou invité, pour peu qu'il ait des amis à New-York. Il est bon de savoir que tous les Américains appartiennent à un club quelconque et que les habitants « de marque »

5.

appartiennent pour le moins à 10 ou 15 clubs
pour lesquels ils paient des cotisations annuel-
les allant jusqu'à dix mille francs.

Je ne m'aventurerai pas à accompagner le
touriste dans la description des autres monuments et institutions de New-York : les églises,
les musées, les quais et surtout les rues.

C'est surtout en flânant dans Broadway, Wall
street, Bowery et les vieilles rues de la cité
qu'on recueillera « des impressions » qui varient
selon les individus et ne peuvent se décrire. Les
boutiques étranges : le pharmacien qui vend avec
ses drogues des timbres-poste et des rafraî-
chissements ; le coiffeur qui vous étale sur des
fauteuils à bascule et soumet votre tête aux
opérations d'une mécanique complexe ; les *bars*,
souvent ornés de tableaux de Bouguereau ou de
Meissonier, dans lesquels se débitent des centaines de mille cocktails ; les boutiques de blan-
chisseuses où les opérations sont pratiquées par
des Chinois et où on vous demande parfois un
dollar pour blanchir une chemise. Dans les bas-
fonds de la société, sur le port, les fumeurs
d'opium, les établissements mal famés, etc.
Tout cela constitue la vie intensive ; c'est ce que
tout le monde ne peut voir, mais que l'étranger
doit tout au moins entrevoir s'il veut être « im-

pressionné » et sentir quelque chose de la vie américaine dans ses différents milieux.

Je ne quitterai pas cependant New-York sans passer la Rivière de l'Est et admirer le célèbre pont de Brooklyn. On franchit du reste forcément les rivières qui entourent New-York en quittant la ville, car la grande cité est à peu près dépourvue de gares. Tous les chemins de fer viennent aboutir de l'autre côté de l'Hudson à Jersey City. On prend un billet avec lequel il faut monter dans un *Ferry-boat* qui traverse l'*Hudson* ou l'*East-River* pour vous conduire à la gare. Cela n'est pas précisément confortable, mais vous pouvez ainsi vous rendre compte du mouvement qui existe sur les rivières parcourues en tous sens par des multitudes de ferry-boats appartenant aux Compagnies de chemins de fer. Pendant l'hiver les petits vapeurs fonctionnent toute la nuit pour éviter la congélation du fleuve.

Le voyageur qui va à Long-Island traverse donc l'East-River et peut ainsi admirer la plus grande merveille de l'industrie américaine : le pont de Brooklyn.

Ce pont, très gracieusement suspendu, entre les deux rives d'une rivière large de deux kilomètres, a été construit par une compagnie particulière, afin de mettre en communication les

deux grandes villes de New-York et de Brooklyn
sans interrompre la circulation des navires. Il
a 29 mètres de largeur et s'élève de 44 mètres
au-dessus du niveau de l'eau. Malgré ces proportions colossales il paraît d'une légèreté surpre-
nante et constitue un des plus beaux ornements
de la cité. Sa construction a duré treize ans (de
1870 à 1883) et a coûté 50 millions. Il donne passage à deux voies de chemin de fer, à un large
chemin à voitures et à une passerelle surélevée
pour les piétons.

Je recommande la traversée de l'*East-River* sur
la passerelle du pont de Brooklyn ; on y jouit
d'un coup d'œil incomparable sur la ville, le port
et la banlieue. Au nord, la rivière avec la multi-
tude des navires et des *ferry-boats* ; au sud, l'immense baie d'Hudson avec la statue de Bartoldi ;
à droite, l'île de Manhattan et New-York ; à
gauche, l'île de *Long Island* et Brooklyn ; au
milieu les grands fleuves et les villes de *New-
Jersey*, *Newark* et *Elisabeth*.

Je quitte enfin New-York pour gagner Boston.
Je choisis de préférence la voie de mer pour
passer une dernière fois sous le pont de Brooklyn
dont on voit mieux la superstructure depuis la
rivière et pour admirer les bords luxuriants de
la Sonde de *Long Island* qui ne va rejoindre la

mer que près de Newport. Le steamer suit ensuite la côte ferme jusqu'à *Fall River*. On peut donc aller de New-York à Boston par eau sans être exposé au mal nautique, ce qui rend cette route particulièrement recommandable, surtout pendant la belle saison.

Quelques villes de l'Union : Boston.

Les bateaux à trois étages. Voyage maritime. New-
Port. Boston, l'Athènes des États-Unis. Commerce,
industrie. Aspect de la ville. Boston Commons.
Monuments. Rade. Institutions sociales.

Le voyage de New-York à Boston est un des
plus intéressants pour le touriste. On peut l'effectuer soit par chemin de fer, soit par eau. Cette
dernière voie est de beaucoup la plus agréable.
Les magnifiques steamers à trois étages qui
vont à Boston suivent la Rivière de l'Est en
passant sous le pont de Brooklyn, puis ils
s'engagent dans la passe située entre la côte
ferme et Long Island (*Long Island Sound*) pour
arriver à New-Port, une des plus fashionables
stations américaines ; de là, ils gagnent *Fall
River* ou *Providence* pour déposer le voyageur
dans un train qui le conduit en une heure à
Boston. La totalité du voyage demande environ
10 heures. Comme le navire effectue son parcours dans la rivière et dans la Sonde et ne
gagne pas la haute mer, il n'y a pas à craindre
ni le roulis ni le mal nautique. J'aurai, du reste,

l'occasion de parler de cette navigation spéciale et des *bateaux-hôtels* sur lesquels sont transportés des milliers de voyageurs.

Mais je ne puis passer devant New-Port sans m'y arrêter et sans dire quelques mots de cette station proprement appelée la « Reine de l'Océan. » C'est une jolie petite ville de 20.000 habitants, une des capitales de l'État de *Rhode Island*. Elle doit sa réputation au climat parfaitement frais et égal dont elle jouit pendant l'été ; ce point peut être contesté ; mais, ce qui est certain, c'est que New-Port est admirablement placée sur une petite baie bien abritée, et qu'elle est entourée de falaises qui en font une des stations les plus pittoresques de la région.

Quoi qu'il en soit, New-Port est aujourd'hui le rendez-vous de tout ce que New-York compte de *select*. La « Société » a du reste adopté un petit coin spécial de la ville et ne daigne pas se mélanger au commun des visiteurs. Elle ne fréquente du reste New-Port que pendant les deux premiers mois de la saison (du 15 mai au 15 juillet) ; les « *quatre cents* » s'en vont ensuite en Europe ou dans les collines de Berkshire, dans le Massachusetts, pour finir leur été.

New-Port possède un nombre considérable d'élégants cottages et des hôtels grandioses. Les environs en sont charmants.

Mais revenons à Boston, l'Athènes des Etats-Unis et la véritable capitale du Nord ; cette ville mérite de nous retenir plus longtemps qu'une simple station maritime.

Il n'est pas besoin de rappeler à l'Européen le rôle important qu'a joué Boston dans l'histoire de l'Amérique, au moment de la guerre de l'Indépendance. C'est cette ville, alors beaucoup plus importante que New-York, qui donna le premier signe de la rébellion en 1773, et c'est l'assemblée de Massachusetts qui provoqua la réunion du Congrès de Philadelphie en 1774, assemblée d'où est sortie la proclamation de l'indépendance des Etats-Unis en 1776.

Boston a également joué un rôle important dans le développement littéraire de l'Amérique. C'est dans cette ville qu'a été publié le premier journal en 1704 et, depuis cette époque, elle a toujours maintenu sa réputation et marché à la tête du mouvement intellectuel ; on peut même dire que, sous ce rapport, elle conserve encore une certaine prépondérance sur New-York. C'est à Boston que sont nés ou ont vécu bon nombre d'hommes éminents : Benjamin Franklin, Longfellow, Daniel Webster, Channing, Prescott, Théodore Parker et nombre d'autres.

Sous le rapport commercial et industriel,

Boston peut être considérée comme la plus riche cité des Etats, étant donnée sa population. C'est elle qui tient le marché le plus important du Nouveau Monde pour les laines, et plus de cent mille ouvriers sont occupés dans ses fabriques qui produisent pour plus d'un milliard d'articles manufacturés dont beaucoup sont importés en Europe.

Le mouvement du port est considérable et se chiffre par près de trois millions de tonnes. En somme, Boston est le centre commercial et industriel le plus important du Nord de l'Union.

Les habitants de l'Etat de Massachusetts jouissent dans toute l'Amérique d'une réputation de courtoisie, d'amabilité et de galanterie ; l'expérience personnelle que j'ai pu acquérir et l'excellent accueil qui m'a été fait dans cette ville me permet d'affirmer que cette bonne réputation n'est pas usurpée.

Mais laissons là les habitants et leur commerce pour nous occuper de la ville elle-même, qui est sans contredit une des plus intéressantes et des plus pittoresques.

Au lieu d'être bâtie en damier comme toutes les cités américaines, Boston a conservé, malgré son développement territorial, l'aspect d'une ville anglaise à l'époque du XVIIIe siècle. Les rues y sont tracées d'après la convenance des premiers habitants qui n'ont pas eu le souci de l'équerre et de la ligne droite. Rien n'est plus pittoresque que le grouillement d'une population intensive, au milieu des voies étroites et tortueuses, dans l'enchevêtrement des tramways électriques qui se croisent dans tous les sens et des innombrables camions que nécessite le commerce. On peut dire que *Tremont Street* et *Washington Street* sont, à certaines heures de la journée, aussi animées que les rues de la vieille Cité de Londres, à laquelle cette partie de Boston peut seule être comparée. Le voyageur est étonné du nombre incommensurable de fils électriques qui se croisent au-dessus de sa tête ; ils sont si nombreux qu'ils interceptent une partie de la lumière solaire, déjà si rare dans des rues étroites, bordées, pour la plupart, d'édifices trop élevés. Sous ce rapport, la ville n'est pas en progrès et elle fera bien de faire rentrer sous terre cet inextricable réseau aérien qui nuit considérablement à la beauté et au pittoresque de la vieille cité.

Ce qui donne un charme particulier à Boston, c'est l'existence au milieu même de la vieille ville d'un immense jardin de trente hectares, *Boston Commons*, créé par les fondateurs de la ville en 1634 et contenant des arbres séculaires. Le goût moderne des habitants a parsemé ce parc d'un grand nombre d'œuvres d'art et des statues qui lui donnent l'aspect d'une promenade publique parisienne. C'est à l'extrémité ouest de ce jardin qu'ont été tracées les rues nouvelles sur un emplacement emprunté au lit même de la *Rivière Charles* par des terrassements et des endiguements.

Semblables en cela aux habitants de Londres, de Paris, de New-York et de toutes les grandes villes du monde, c'est à l'ouest que les riches Bostoniens ont établi leurs résidences, qui, sous le rapport du goût, du luxe et de l'élégance, sont certainement les plus belles de l'Amérique. *Beacon Street, Malborough Street, Boylton-Street* sont bordées de véritables palais et *Commonwealth Avenue* n'a de rivale au monde que les Champs-Elysées de Paris. Ce magnifique quartier a l'avantage de n'être situé qu'à quelques minutes de la vieille ville dont il est séparé par un beau jardin public.

Les monuments de Boston sont nombreux et, pour la plupart, d'un fort beau style ; à l'exception du palais d'Etat (State-House), situé sur les jardins, ils ont le grave inconvénient de n'être pas suffisamment dégagés et d'être enterrés dans les rues étroites de la vieille ville. Il faut visiter l'Hôtel de Ville (*City Hall*), le nouveau

Palais de Justice, la Douane, l'Eglise de la Trinité et la Bibliothèque publique.

Mais le touriste, qui recherche les beautés naturelles plus encore que les monuments, doit visiter la rade, qui est une des plus belles et des mieux assorties de l'Amérique. Grâce à l'amabilité de mon ami M. de Rosel, officier de marine des plus distingués, j'ai fait une délicieuse promenade nautique qui m'a permis de bien comprendre la topographie de Boston et de ses environs. Il y a entre cette ville et New-York certaines analogies de position. New-York est situé sur l'extrémité d'une presqu'île regardant le Sud, entre la rivière d'Hudson et la rivière de l'Est; Boston occupe l'extrémité nord d'une presqu'île similaire entre *Charles River* et le canal de *Fort-Pont* ; les deux villes sont entourées de trois côtés par la mer ou des cours d'eau navigables, ce qui explique leur importance maritime.

Enfin, je ne puis quitter Boston sans parler de ses institutions sociales qui ont acquis un développement considérable ; de ses musées, qui contiennent de merveilleuses collections de peintures anciennes ; de ses bibliothèques, de ses écoles d'enseignement supérieur. La célèbre Université d'Harvard, située à Cambridge, de l'autre côté de *Charles River*, est la plus ancienne

et la plus célèbre des institutions de ce genre.
Enfin, les sciences médicales sont enseignées
dans cinq écoles de médecine par des hommes
connus dans les deux mondes, parmi lesquels il
me suffira de citer MM. Chadwick, Cushing,
Baker, Cumston et tant d'autres.

Quelques villes de l'Union: Philadelphie.

Importance de la population et étendue du territoire.
La ville patriotique. Les souvenirs de l'émancipation. Indépendance Hall. Reliques nationales. La
confection du drapeau américain. L'Hôtel de Ville.
Influence néfaste des maisons à 20 étages. Le temple
maçonnique. Académie des Beaux-Arts. L'Instruction publique. Le *Drexel Institute.* Le collège Girard.
Les Parcs.

Philadelphie, *la ville des quakers*, est une des
plus vastes cités du globe ; elle occupe la même
surface que Londres et, après Chicago, c'est la
ville la plus étendue des Etats-Unis.

Sous le rapport de la population, c'est la troisième de l'Union ; elle compte (1895) 1,250,000
habitants et couvre une superficie de 240 kilomètres carrés. Il va sans dire que toute cette
surface n'est pas construite.

Néanmoins, Philadelphie est la ville qui contient le plus d'habitations par rapport à sa
population ; aussi est-elle parfois désignée sous
le nom de *Cité des maisons (City of homes)*. Chaque habitation abrite en moyenne 5 individus,
tandis qu'à New-York cette proportion est de 16.

Mais laissons là les froides statistiques et parlons de la Philadelphie monumentale, scientifique et patriotique ; car cette grande cité possède, comme Boston, la réputation d'être la plus scientifique et la plus littéraire ; c'est la cité qui a conservé avec plus de vénération les souvenirs et les reliques de l'indépendance. C'est un point sur lequel a insisté M. Vossion qui, avec mon ami le Dr Pancoast, a bien voulu être mon cicérone dans la visite malheureusement trop courte que j'ai faite à la *Cité des Quakers.*

« Nulle part en Amérique, nous dit M. Vossion (1), le patriotisme n'est plus vivant et plus éclairé que dans cette grande ville qui fut le berceau des Etats-Unis. Dans les autres villes de l'Union, spécialement dans l'ouest, le patriotisme et l'attachement à la Constitution sont aussi sincères ; mais aucun lien absolument direct ne rattache les habitants à ce passé glorieux qu'ils ne connaissent que par les leçons de l'histoire, et non, comme à Philadelphie, par les traditions de famille. Les préoccupations absorbantes de la lutte quotidienne pour la vie les empêchent,

(1) La célébration du centenaire de la Constitution américaine à Philadelphie, par M. Louis Vossion, consul de France, un volume orné de 16 gravures. Librairie de la *Nouvelle Revue.* Paris, 1893.

d'ailleurs, de s'y intéresser avec la même ardeur. A Philadelphie, ce passé est un *héritage direct* et les souvenirs de l'époque héroïque se sont conservés avec toute leur fraîcheur. »

Cela est tellement vrai que mon aimable guide, le Dʳ Pancoast, dont la famille remonte à William Penn et qui occupe lui-même une grande position dans le monde scientifique, m'a mené tout d'abord visiter l'*Independance Hall* que tous les Américains considèrent comme une relique sacrée. Voici comment M. Louis Vossion en a fait la description :

« C'est dans le célèbre « *Independance Hall* », que furent signées, en 1776, la déclaration d'indépendance, et, en 1787, la constitution des Etats-Unis. Ce vénérable bâtiment, tout simple, en briques rouges, à un étage, avec sa tour et ses deux annexes, existe tel qu'il était alors : les salles centrales en ont même été conservées intactes. Dans l'une d'elles, à gauche, en entrant par Chestnut Street, se trouvent le fauteuil et le bureau dont se servait Washington, les modestes sièges des membres du Congrès, et, contre la muraille, les portraits des hommes d'Etat, jurisconsultes, soldats et patriotes, qui, après avoir soutenu contre l'Angleterre la guerre de l'Indépendance, ont complété leur œuvre en donnant aux treize Etats cette constitution qui régit encore aujourd'hui, avec les quelques rares amendements que l'expérience a fait ajouter, la grande République.

A droite, et en face de la première salle, une deuxième, de même dimension, contient les reliques de la Révolution, des lettres de Franklin et de Washington, des monnaies, des sceaux, des brevets, des projectiles rapportés des champs de bataille, ainsi que des armes et des équipements de soldats d'alors, parmi lesquels le Français retrouve, non sans émotion, le gilet de soie d'un officier français tué à la bataille de Germantown, l'épée et les épaulettes de La Fayette, et plusieurs lettres des ministres du roi de France. Un tableau, représentant la tombe de La Fayette en France, a été placé au milieu de ces reliques nationales, ce qui prouve mieux que tout le reste, que, malgré le développement colossal du pays et les changements qu'il a subis, malgré l'arrivée des masses nouvelles qui n'ont aucun lien historique avec ce passé, la prospérité n'a pas, selon l'usage, engendré l'ingratitude, et que les vrais Américains conservent encore assez pieusement le souvenir des services rendus.

Entre les deux salles dont je viens de parler et qu'emplit continuellement un flot de visiteurs,

on voit, suspendue au plafond, la fameuse cloche, aujourd'hui toute fêlée, qui appela le peuple
aux armes en 1776. Il est bien peu de maisons à
Philadelphie, où l'on ne voie suspendues à la
place d'honneur deux pièces de bronze représentant, l'une, Washington, l'autre, un sonneur
bras nus, son chapeau et son habit près de lui,
avec un pot d'eau et un verre, et sonnant à tour
de bras une cloche qui porte cette simple date :
1776 ! Les deux ailes annexes du « Hall » sont
aujourd'hui occupées, l'une par la mairie, l'autre
par une partie des cours et tribunaux de la ville
et du Comté. En avant de la porte d'entrée et du
côté de Chestnut Street, se trouve une statue en
marbre de Washington, debout, d'une assez
belle allure ; enfin en arrière du bâtiment, et
donnant sur Walnut Street, s'étend un magnifique square planté d'arbres plus que centenai-
res, couvert de gazons et de massifs de fleurs ;
c'est « Independance Square ». On le voit donc,
au point de vue historique Philadelphie est plus
intéressant que New-York : les souvenirs historiques s'y pressent plus nombreux.

A l'angle de la septième rue et de Market
Street s'élève une modeste maison, occupée par
une banque, *Penn National Bank* ; une inscription en lettres d'or, sur marbre noir, rappelle au

passant que c'est là, sur un petit pupître de chêne verni, précieusement conservé, que l'immortel Thomas Jefferson, l'Américain qui aima le mieux la France, a écrit la déclaration d'indépendance. Au numéro 239, Arch Street, on voit une petite maison, dont le rez-de-chaussée, aujourd'hui simple Taverne, était occupé alors par Mme Elisabeth Ross, la modiste en renom des dames quakeresses de l'époque.

Ce fut là qu'en 1777, il y a cent dix-huit ans, Washington, alors président du Congrès, se rendit un soir, avec un comité, pour faire confectionner par la modiste à la mode, le drapeau qui devait servir de signe de ralliement aux Etats réunis. On en avait causé au Congrès, mais il fallait faire un modèle, ce fut Washington qui s'en chargea. La scène est charmante : Mme Elisabeth déploie les étoffes dans l'arrière-boutique ; Washington fait un croquis d'après lequel elle coupe sept bandes rouges et six bandes blanches, un carré bleu pour le coin supérieur avec treize étoiles.

Enfin, on montre au voyageur, non loin du square qui porte le nom de ce savant, de ce patriote, la tombe de Benjamin Franklin, ce Philadelphien de race, enterré au cœur de la ville qu'il a tant aimée.

La présence de toutes ces reliques, qui rappel-

lent les origines de l'Union et les jours de lutte,
a fait de Philadelphie une ville fort originale,
ayant un autre caractère que New-York, ville
essentiellement cosmopolite. »

Après l'*Independance Hall*, le monument le
plus remarquable de Philadelphie est l'Hôtel de
Ville (City Hall), qui n'est pas encore complètement achevé, mais dont on peut apprécier les
façades extérieures qui rappellent les plus beaux
édifices de la Renaissance française. Les motifs
d'architecture des pavillons reproduisent les
motifs de certains pavillons du Louvre.

Au centre s'élève une tour de 120 mètres de
haut sur laquelle doit être placée une statue
colossale du quaker William Penn, qui fonda la
ville et donna son nom à l'Etat de Pennsylvanie.
En attendant, la statue du vieux quaker peut être
visitée dans une des cours.

L'Hôtel de Ville se trouve situé exactement au
centre de la cité, au point d'intersection des deux
plus grandes artères : *Broad Street* et *Market
Street*. Ces deux voies, qui sont le centre principal du commerce, ont été malheureusement
ornées de quelques-unes de ces constructions de
15 à 20 étages qui font l'admiration des Yankees.

Il s'est trouvé en effet un barbare, riche brasseur allemand, m'a-t-on dit, qui a fait élever à
l'extrémité de *Market Street* et juste en face de

l'Hôtel de Ville un des bâtiments grotesques dont la hauteur colossale masque complètement ce monument, qui, s'il n'est pas le plus remarquable des Etats-Unis, est certainement le seul édifice du style Renaissance qui se trouve en Amérique.

Comment la municipalité philadelphienne a-t-elle pu laisser ainsi gâcher un monument qui lui coûte près de cent millions de francs ? Comment peut-on permettre à un goujat repu de choucroûte d'écraser par une caserne de 20 étages le plus gracieux édifice de l'Union. Il faudra certainement démolir un jour la maison du brasseur allemand et il n'est que temps d'interdire à Philadelphie, comme à Chicago, la construction de maisons particulières dépassant plus de 30 à 40 mètres, surtout dans des rues relativement étroites et dans le voisinage des édifices publics. En un mot, il faut à Philadelphie, comme dans tant d'autres villes des Etats, une bonne voirie et des édits réglant d'une façon conforme à l'hygiène et à l'esthétique les constructions particulières.

Philadelphie contient beaucoup d'autres monuments remarquables. Je tiens surtout à en citer un, c'est la Gare principale, située dans *Broad Street*, au centre même de la ville. Un bon

6.

point à la Compagnie du *Pennsylvania railroad*,
qui a fait les frais d'une gare convenable, chose
vraiment rare aux États-Unis, où ces édifices sont
généralement de simples hangars en planches,
même dans les plus grandes villes.

Le touriste doit visiter :

Le *Temple maçonnique*, magnifique édifice en
granit, appartenant au style normand. Sa construction, achevée en 1873, a coûté huit millions
de francs. On y admire les loges, qui ont été décorées avec goût et représentent les sept ordres
d'architecture : l'Egyptien, l'Ionique, le Corinthien, le Normand, le Gothique, la Renaissance
et l'Arabe.

La *Poste*, qui loge en même temps les Cours
fédérales, monument du style renaissance qui a
coûté 25 millions ; l'*Académie des Beaux-arts*, bel
édifice du style vénitien dans lequel se trouve,
outre une merveilleuse galerie de peinture, une
école des beaux-arts qui fait d'excellents élèves ;
l'*Université de Pensylvanie*, immense bâtiment
dans lequel plus de 800 élèves reçoivent l'enseignement supérieur : médecine, sciences biologiques, économie politique, etc.

Puisque nous parlons d'instruction, il est bon
de rappeler que Philadelphie occupe la première
place aux États-Unis pour ses établissements,

non seulement dans l'enseignement des lettres
et des sciences, mais aussi pour l'enseignement
technique. Je ne ferai que citer, en passant,
ses six Ecoles de médecine qui sont dirigées
par des hommes éminents : Pancoast, Pepper,
Weir-Mitchell, Goodell, etc.

Le *Drexel Institute*, fondé par M. A. J. Drexel
au prix de huit millions de francs et ouvert en
1892, a pour objet « l'extension et l'amélioration
de l'éducation industrielle pour les jeunes gens
des deux sexes ». Deux mille étudiants suivent
les cours de cette institution, qui ne peut qu'augmenter la grande réputation de Philadelphie
comme ville scientifique et industrielle.

Il faut également visiter les usines de Bald-
win (Locomotive works) qui occupent plus de
3.000 ouvriers ; c'est un des plus grands établissements industriels de l'Amérique ; on y
fabrique plus de deux locomotives par jour et bon
nombre de ces machines sont importées pour
l'usage de nos chemins de fer européens.

Parmi les établissements d'instruction, il en
est un qui intéresse particulièrement les Français, c'est le *Girard Collège*, fondé par un de nos
compatriotes, Etienne Girard, qui mourut en
1831 en laissant toute sa fortune, une cinquan-

taine de millions, à la ville de Philadelphie pour
y élever les orphelins indigents.

Ce philanthrope avait ordonné par une clause
de son testament qu'aucun prêtre, quelle que
fût sa religion, ne pût pénétrer dans le collège
sous peine d'annulation de son legs ; « les enfants ne pouvant, disait-il, choisir utilement
une religion que quand ils étaient arrivés à
l'âge d'homme ». D'après M. Vossion de qui je
tiens ce détail, cette clause n'a pas été fidèlement exécutée. Si elle est respectée *à la lettre*, en
ce sens que les ministres du culte ne pénètrent
pas dans l'institution, elle ne l'est pas *dans
l'esprit*. Des lectures de la bible, suivies d'exhor-
tations en faveur de la religion protestante,
sont faites chaque jour au Collège Girard. C'est
là un détail qui jure avec la tolérance religieuse
qui règne généralement aux Etats-Unis et qui
pourrait faire annuler le legs Girard, si ce philanthrope avait laissé des héritiers directs.

Enfin, le voyageur ne doit pas quitter Philadelphie sans visiter ses parcs admirables qui
font l'envie des autres cités de l'Union et qui
couvrent plusieurs centaines d'hectares au nord
de la ville sur les gracieuses rives de la rivière
Schuylkill.

Quelques villes de l'Union : Washington.

Distribution des rues. Formation des villes américaines. Création de la Capitale de l'Union en 1791,
par Washington et Lenfant. Imitation de Versailles.
Les habitants de la Capitale. Monument. Le Capitole. Chambre des Députés. Sénat. Aspect des
séances. Smithsonian Institution. Musées. Œuvres
d'art. Facilités de la vie matérielle.

Washington est sans contredit la plus belle
ville du continent américain ; bâtie sur un plan
unique, grandiose et symétrique, elle ne présente cependant pas la banalité et la monotonie
de toutes les cités américaines dont le type en
damier manque absolument de pittoresque.

Il n'y a pas, à vrai dire, de villes pittoresques
en Amérique, ou, tout au moins, aucune cité
du Nouveau Monde ne peut se comparer sous
ce rapport aux vieilles capitales Européennes.
J'ajouterai que cela est fort heureux pour les
Américains. Ce qui fait le pittoresque d'une
ville, ce sont les accidents de terrain, les sinuosités et l'étroitesse des rues, la vétusté et le
délabrement des anciennes demeures. On conçoit
aisément que rien de tout ceci ne peut exister

en Amérique où les villes ont été créées de toutes pièces sur des emplacements les mieux appropriés à cet usage. Qu'aurait-on pensé de William Penn s'il avait choisi des collines inaccessibles pour bâtir Philadelphie ?

La première des conditions requises pour élever une ville, c'est d'abord un terrain plat ou légèrement incliné, puis le voisinage de la mer, d'une rivière ou d'un lac pour lui assurer des moyens de communication. Une fois le terrain choisi, on trace des rues parfaitement parallèles et perpendiculaires dont les intersections forment ces carrés absolument égaux et symétriques, que les Yankees appellent *blocs* et les sud-américains *cuadras*. Un tel système fait des villes parfaites, aux rues larges et aérées, mais on conçoit facilement qu'elles ne peuvent présenter le pittoresque qu'on va admirer à Nuremberg ou à Carcassonne.

Les hommes qui ont créé ces villes étaient grands comme le pays qu'ils habitaient et ils avaient l'intuition du développement colossal que devaient prendre les cités. Aussi tracèrent-ils des plans gigantesques, alors même qu'ils n'étaient que quelques centaines de colons.

Il est certain que Washington a voulu, lorsqu'il a créé, en 1791, la Capitale qui porte son

nom, faire quelque chose de mieux, de plus gracieux et de plus pittoresque que ce qu'il avait
vu à New-York, à Boston et dans les autres
villes du continent. Il a d'abord choisi un emplacement qu'il considérait comme favorable,
puis il s'est adressé à un Français, le major Lenfant, pour tracer les plans de la nouvelle Capitale en lui donnant comme centre la colline du
Capitole. Celui-ci s'est certainement inspiré de
Versailles, quand il a tracé les magnifiques avenues qui, partant de ce point central, rayonnent
dans toute la ville. Il est probable qu'il a pensé
également à l'Arc-de-Triomphe de Paris, et à
ses avenues (1).

Quoi qu'il en soit, Lenfant a exécuté, sur un
plan grandiose, la pensée de Washington et la
capitale des Etats-Unis peut être considérée à
juste titre comme la reine des cités américaines.
Du Capitole rayonnent 12 avenues magnifique-
ment ombragées, ayant plus de 50 mètres de
largeur et portant chacune le nom d'un des états
confédérés. A l'intersection de chaque avenue

(1) Les avenues qui partent de l'Arc-de-Triomphe,
ont été exécutées au XIX° siècle, mais d'après un plan
tracé sous Louis XV. Ce plan, connu sous le nom de
plan des architectes, contient presque tous les embellissements créés à Paris, pendant ces 50 dernières années et qui ont été attribués à tort à M. Haussmann
ou à d'autres.

avec les autres rues ont été ménagés des squares ou jardins publics très gracieux.

La ville entière s'étend sur un périmètre de
18 kilomètres et contient seulement 200.000 habitants.

C'est peu si l'on considère la population des
autres villes du territoire américain qui ont été
créées beaucoup plus tard.

Le fondateur de l'Indépendance américaine
avait rêvé une immense capitale, centre à la fois
politique et commercial des États dont il pré-
voyait le rapide développement. Son rêve ne
s'est pas absolument réalisé ; Washington est
resté une ville relativement peu peuplée ; le
commerce et l'industrie l'ont délaissée ; mais
elle est devenue, par cela même, une ville
charmante, véritable capitale de l'élégance
et du bon goût. Ses habitants, qui sont pour
la plupart des officiers, des fonctionnaires ou
des rentiers, ont le temps de vivre ; n'étant pas
absorbés par les affaires, ils prennent grand
souci du côté artistique de l'existence et pensent à la vie intellectuelle et mondaine. Ils cultivent les beaux-arts, les lettres et les sciences,
et leur goût est maintenu sur un diapason élevé
par le contact avec les Européens, par l'organisation de magnifiques musées et par le souci
qu'ils ont de conserver à leur ville le bon renom

de capitale des Etats-Unis. Leur ambition va même jusqu'à placer Washington parmi les plus importantes capitales du monde ; mais il faut encore attendre quelques siècles avant de voir la réalisation de ce *desideratum*, bien légitime chez un Américain.

J'ai dit que Washington différait sensiblement des autres villes américaines, non seulement par son plan d'ensemble, par la largeur de ses avenues plantées d'arbres, par ses parcs merveilleusement tracés, mais aussi par le nombre considérable de ses édifices publics parmi lesquels le Capitole figure en premier lieu.

C'est donc par le Capitole que le touriste doit commencer sa visite.

Cet édifice est très heureusement placé sur une colline qui domine la ville d'environ trente mètres et au milieu d'un jardin de 20 hectares qui se continue sans interruption le long du Potomac jusqu'à la *Maison blanche*, sur une étendue de près de 3 kilomètres. C'est un monument grandiose, de style classique corinthien.

Il se compose d'une masse centrale construite en pierre blanche et surmontée d'un dôme dont la coupole s'élève à 120 mètres au-dessus du sol. Cette altitude n'est dépassée que par quelques rares monuments européens.

De chaque côté de cette masse centrale s'é-

tendent deux ailes entièrement construites en
marbre blanc et destinées l'une à la Chambre
des représentants, l'autre au Sénat. Ainsi complété, le Capitole présente un aspect vraiment
grandiose et la grande masse blanche qui se
détache sur la belle colline de verdure qui en
forme la base constitue le monument le plus
imposant qu'il m'ait été donné de contempler.

La façade du Capitole, ainsi que la monumentale statue de la Liberté qui surmonte la coupole
regarde à l'est dans la direction où les fondateurs avait pensé que se développerait la cité.
Or la ville s'est surtout construite à l'ouest.
C'est du moins dans la direction de l'ouest que
sont placés les monuments et les plus luxueuses
habitations. Le Capitole tourne donc le dos à la
ville proprement dite. Pour remédier à cet inconvénient, on a ajouté à la façade ouest une
magnifique terrasse reliée aux jardins par un
escalier à double développement. Cette terrasse,
d'où l'on jouit d'un splendide coup d'œil, a
beaucoup ajouté à la grandeur et à l'élégance
de cette façade.

Quoique le Capitole soit surtout remarquable
par son aspect extérieur, il faut cependant en
visiter l'intérieur plutôt pour en admirer la
bonne distribution que la splendeur décora-
tive.

On sait que ce monument est le siège du gouvernement fédéral et contient les installations nécessaires pour loger le Sénat et la Chambre des
députés. A ce point de vue une visite est intéressante pour l'Européen lorsque le Parlement est
en session.

Là encore, comme à la Maison blanche, j'ai
été frappé de la simplicité et de la facilité d'ac-
cès. On entre comme chez soi, personne ne vous
demande où vous allez, ni qui vous êtes, ni ce
que vous désirez.

Pas de gardes ni d'officiers chamarrés, pas de
concierges galonnés, pas d'huissiers chargés
de chaînes. Le service des Chambres est fait par
de jeunes pages de 12 à 16 ans qui portent aux
députés leurs lettres et vont les appeler lorsqu'ils sont demandés par leurs commettants.

La Chambre des députés, située dans l'aile
sud, a la forme circulaire et contient une instal-
lation confortable pour 360 membres. Les galeries réservées au public peuvent contenir
2,500 personnes, sans compter les loges réservées au corps diplomatique, aux dames, à la
presse, aux officiers, etc. Comme dans les assemblées françaises, les membres se placent
selon leurs opinions, les républicains à droite,
les démocrates à gauche.

Quoi qu'en disent certains auteurs anglais, les

séances de la Chambre des représentants américains ont une aussi bonne tenue que celles de la Chambre des communes. Je dirai même qu'elles me paraissent plus conformes à la bienséance. D'abord les membres américains ne siègent pas le chapeau sur la tête comme cela a lieu en Angleterre; ensuite chaque membre a un fauteuil et un pupitre, ce qui n'est pas le cas à la Chambre des communes où il n'existe qu'un très petit nombre de sièges et où les députés sont obligés de *siéger* (?) debout.

Le Sénat occupe l'aile nord. La salle, très richement décorée, est beaucoup plus petite, le nombre des sénateurs étant de 90 (deux par chaque État). Là encore le visiteur américain ou étranger peut pénétrer dans les tribunes sans autorisation. Dans les rez-de-chaussée du Capitole se trouvent installés différents services : bibliothèque, salles de comités, restaurant.

Il ne faut pas quitter le Capitole sans visiter les œuvres d'art qui y sont dispersées. Dans la rotonde centrale, magnifique salle ayant 33 mètres de diamètre et 60 mètres de hauteur, se trouvent des peintures historiques (guerre de l'Indépendance) par Trumbull, de très belles statues de Washington et de Jefferson, par Houdon et David d'Angers ; dans d'autres pièces j'ai admiré un beau portrait de Lafayette par Ary Scheffer, et dans le Hall, un portrait à cheval du général Scott, le héros de la guerre du Mexique en 1847.

J'appelle encore l'attention sur les énormes portes de bronze de la rotonde et du Sénat qui contiennent de magnifiques bas-reliefs représentant la vie de Christophe Colomb et certains épisodes de l'histoire américaine.

Le Capitole couvre une surface de 15,000 mètres et sa construction a coûté jusqu'à ce jour 80 millions.

Les autres monuments de Washington sont peu importants lorsqu'on les compare au Capitole. Ils sont cependant tous dignes d'une visite.

Je citerai en premier lieu la *Smithsonian Institution*, qui comprend une bibliothèque, un musée et qui publie chaque année d'importants travaux. La fondation de cet établissement est due à un anglais, M. Smithson, qui n'a jamais mis les pieds en Amérique où il ne connaissait personne. C'est par sympathie pour les idées républicaines que ce philanthrope a laissé toute sa fortune (trente millions) à la ville de Washington pour y fonder un établissement « destiné à étendre le cercle des connaissances humaines ».

La *Trésorerie* est un immense édifice en marbre blanc avec une belle colonnàde ionique. Un peu en arrière dans le parc (*The mall*) se trouve le *bureau of engravings*, où l'on montre au visiteur les intéressants *processus* employés pour la gravure et l'impression des billets de banque américains.

Enfin, il faut signaler l'obélisque élevé à la mémoire de Washington sur les bords du Potomac. Ce monument, commencé en 1848, abandonné en 1855, puis continué en 1877 pour être achevé en 1884, a coûté près de deux millions. C'est une simple pièce de maçonnerie en marbre, sans aucune ornementation, s'élevant à la hauteur prodigieuse de 185 mètres. Je suis loin d'admirer cet énorme tas de pierre et je pense que la mémoire du héros de l'Indépendance eût été mieux honorée par la construction d'un monument artistique, plus utile, plus architectural et non moins impérissable.

Washington contient encore de nombreux musées et, sur ses places et ses squares d'innombrables œuvres d'art parmi lesquelles on peut citer le monument de Lafayette (en face de la Maison blanche) par Falguières, et une magnifique fontaine par Bartoldi (jardin botanique).

Tout concourt à rendre le séjour de la capitale agréable ; il y a de bons hôtels, de jolies promenades, de belles maisons particulières habitées par des gens charmants ; la vie matérielle n'y est pas très chère et — chose rare en Amérique — les cochers y sont complaisants et transportent les voyageurs à des tarifs abordables.

La résidence de l'exécutif :
la Maison Blanche.

Simplicité de l'habitation présidentielle. Les salons et les portraits des présidents. Une réception à la Maison-Blanche. M. et Mme Cleveland. Le *Shake-Hand* présidentiel. Les appointements du Président. La vie à la Maison-Blanche. Travail du Président. Devoirs, responsabilités et prérogatives. Note sur quelques présidents. Comment on reçoit les *interviews*.

La *Maison Blanche*, officiellement désignée sous le nom de *Maison exécutive du Président des Etats-Unis*, est située dans une jolie position dans le voisinage du Potomac, entre l'Obélisque de Washington et le joli square de Lafayette.

C'est une maison de campagne assez spacieuse, à un seul étage, sans prétentions, mais très confortable et plantée au milieu d'un petit parc de 30 hectares fort bien entretenu.

La maison est en pierres et briques et peinte en blanc, ce qui la détache admirablement sur le fond vert du parc. Elle a environ 50 mètres de façade et on y a ajouté à l'ouest une longue serre en bois sans aucune ornementation. Le seul élément architectural qu'on puisse signaler est un beau portique ionien qui permet d'approcher de la maison en voiture sans être exposé à la pluie, chose rare aux Etats-Unis.

Mais ce qui frappe le plus l'Européen qui visite le palais du chef du pouvoir exécutif, c'est non seulement la simplicité, mais l'absence de tout déploiement de forces. Nulle part l'élément militaire n'est représenté ; on ne voit pas parader, comme à l'Elysée, les magnifiques gardes républicains, ni les escouades de sergents de ville. Les portes du jardin sont toujours ouvertes, tout le monde peut entrer s'y promener librement ; quiconque a affaire à la Maison Blanche s'y présente comme chez un simple particulier. Il n'y a pas même de concierge à l'entrée des grilles du jardin qui sont du reste à claire-voie. On voit qu'il y a une certaine différence entre l'Elysée et la Maison Blanche. Il est vrai que l'Elysée n'a pas été bâti pour un président de la République, tandis que la maison exécutive des États-Unis a été construite par des républicains ayant horreur de l'étiquette et du faste monarchique.

Cette maison a du reste une histoire. Commencée en 1792 sous la présidence de Washington, elle fut habitée pour la première fois en 1800 par le président Adams. Elle fut occupée par les

7.

Anglais qui l'ont saccagée, puis brûlée en 1814.
Elle a été reconstruite en 1818 sur les mêmes
plans. Depuis cette époque elle a abrité 22 présidents dont quatre sont morts pendant leurs
fonctions et deux ont succombé sous les coups
de l'assassin (Lincoln, 1865 ; Garfield, 1881).

Le rez-de-chaussée, qui contient les appartements de réception, est meublé avec une simplicité qui n'exclut pas le goût. La seule pièce qui
mérite d'être signalée est le *salon de l'Est*, qui
mesure 27 mètres de longueur sur 14 de large
et contient les portraits de quelques-uns des
chefs du pouvoir exécutif. Un autre salon de
réception est orné par les portraits des femmes
des présidents, quelques-unes assez jolies.

Le premier et unique étage est réservé et contient les appartements particuliers, qui ne sont
pas plus grands, ni mieux meublés que ceux des
simples citoyens. Le cabinet de travail du Président est situé à l'est, et c'est là que M. Cleveland reçoit ses ministres et s'occupe activement
des affaires d'un Etat qui compte plus de 60 millions d'habitants. Ce n'est pas une sinécure si
l'on considère que la Constitution américaine a
laissé au président un pouvoir et une responsabilité énormes, qu'il nomme les ministres et
pourvoit aux vacances de tous les emplois sans
autre contrôle que celui du Sénat.

Aussi les présidents américains ont-ils la réputation d'être laborieux et infatigables. Le péché de paresse ne leur est jamais reproché.

La Maison Blanche est très hospitalière et le président des Etats-Unis est en général fort accessible. Rien n'est plus simple que les réceptions présidentielles ; mais rien n'est plus digne et plus instructif pour un Européen, qu'il soit habitué à la grandeur des cours ou qu'il ait simplement entrevu les splendeurs de notre Elysée républicain.

J'ai passé une semaine à Washington, invité par quelques amis à assister à un congrès scientifique qui se réunit tous les trois ans dans la capitale. Le président de la République et Madame Cleveland avaient bien voulu recevoir les membres du Congrès. J'ai assisté à cette réception dont la description peut intéresser un Français et lui fournir d'utiles éléments de comparaison.

Nous avions assisté à une séance du Congrès et nous étions invités à nous présenter à la Maison Blanche à 9 heures du soir. Il faisait beau et nous nous décidâmes de faire à pied le kilomètre qui nous séparait de la résidence de l'exécutif. Nous arrivons au square Lafayette et nous franchissons les grilles du jardin présidentiel sans qu'aucun gardien se soit occupé de nous.

Sous le péristyle un nègre plus que simplement vêtu ouvre et referme les portières des voitures. Nous entrons dans un petit vestibule où un autre nègre prend nos pardessus. A gauche du vestibule un orchestre fait entendre de très bonne musique. Les musiciens sont revêtus d'un bel uniforme militaire, mais il est facile de voir à leur allure et au développement de leur abdomen qu'ils n'ont de militaire que le costume.

Je pénètre avec mes amis dans un petit salon tendu de rouge, puis dans un petit salon jaune où se tient le chef du pouvoir exécutif. Mon ami le Dr Gray veut bien me présenter. J'échange quelques paroles avec M. Cleveland, puis, après un vigoureux *shake hand* je suis présenté à madame Cleveland. L'usage américain veut également qu'on échange une poignée de mains avec la Présidente ; c'est un usage qui n'a rien que de très agréable et je suis très heureux de serrer la main de madame Cleveland. La présentation est terminée et je puis alors faire une tournée dans le grand salon de l'est qui est fort bien éclairé et dont l'ameublement, quoique simple, fait très bon effet à la lumière. De ce grand salon on regagne facilement les serres situées à l'ouest ; ce jardin d'hiver est bien tenu, très spacieux et contient plusieurs spécimens de fleurs tropicales rares. C'est certainement le plus grand attrait de la Maison Blanche.

Tout le monde se sent à son aise. Beaucoup de personnes sont en simple redingote et quelques dames se promènent dans les salons avec leur chapeau. Les domestiques sont peu nombreux et ne portent pas de livrées. Il n'y a pas d'encombrement ni à l'arrivée, ni au départ.

Je suis revenu dans le salon où se trouvent M. et Madame Cleveland. Le président est grand, un peu gros et paraît largement son âge (58 ans) ; il est affable et semble très intelligent ; ses petits yeux fatigués sont doux et le regard qui s'en échappe est d'une grande finesse.

Mme Cleveland est une femme jeune, grande, bien faite et remarquablement jolie. Elle est même un peu majestueuse et un peu sculpturale de formes, mais elle est vive et son sourire présidentiel est vraiment gracieux et n'a rien de ce sourire de commande que savent esquisser les grands seigneurs européens. En somme, Madame Cleveland m'a paru une femme charmante, qui reçoit très bien et qui est parfaitement à sa place à la Maison Blanche.

Après quelques tournées dans les salons, chacun repasse au vestiaire et à dix heures tout était fini.

Voilà certes une réception plus que simple et plus d'un républicain de Paris serait enclin à la trouver indigne du président de la plus grande république du monde. Telle n'a pas été mon impression. J'ai trouvé au contraire de la grandeur dans la simplicité de cette réception présidentielle et je n'ai pas eu un seul instant la pensée d'en critiquer les côtés qui, aux yeux d'un monarchiste, pouvaient paraître mesquins.

La simplicité des mœurs, l'absence d'ostentation, que nous remarquons chez les hommes d'état américains n'est pas voulue ; elle est naturelle. Franklin et Washington ont laissé dans ce pays une empreinte qui persistera longtemps encore et qui a son origine dans le principe même du pouvoir. C'est par l'austérité de leur vie et la pureté de leurs actes que les hommes qui ont combattu l'Angleterre à la fin du siècle dernier, ont pu se maintenir au-dessus des rivalités politiques, fonder la grande démocratie américaine et l'asseoir sur des bases inébranlables.

L'Amérique est à la fois la plus riche et la plus orgueilleuse nation du globe ; elle pourrait fournir au chef du pouvoir exécutif les ressources nécessaires pour éblouir les représentants des cours européennes à Washington. Elle pourrait donner à son président un budget capable de

distancer par son faste non seulement l'Elysée
républicain, mais encore les rois et les empe-
reurs. Elle ne le fait pas, et cela pour plusieurs
raisons : d'abord parce que le principe républicain est incompatible avec le faste monarchique
et ensuite parce qu'elle pense que le chef du
pouvoir exécutif est plus utile à l'Etat en travaillant qu'en dirigeant des cotillons.

Cette vie simple et bourgeoise des présidents
américains a fait depuis longtemps la joie des
chroniqueurs en chambre qui raillent agréablement les mœurs d'un pays dans lequel ils n'ont
jamais mis les pieds.

Il y a, en effet, quelque différence entre les
habitudes de l'Hôte de l'Elysée et celle de l'Hôte
de la Maison Blanche. Alors que celui-là consacre son temps à recevoir des ambassadeurs
suivant les règles d'un protocole monarchique,
qu'il s'occupe d'étonner les habitués des champs
de courses par son attelage à la Daumont et qu'il
s'attache surtout à amasser quelques millions ;
celui-ci consacre ses nuits et ses jours à l'accomplissement d'une des tâches les plus lourdes
et les plus ardues qui puissent être confiées à
un être humain.

Peu de gens se rendent compte du travail qui
incombe au chef de l'exécutif qui doit être jour et

nuit sur la brèche et ne se contente pas de la présidence hebdomadaire d'un conseil des ministres dans lequel il n'a qu'une simple voix consultative.

Le Président choisit lui-même ses ministres en dehors du parlement et administre la République sous sa propre responsabilité pendant quatre années ; il commande en chef les armées de terre et de mer, commissionne tous les officiers, négocie les traités, préside aux relations étrangères, a le droit d'initiative parlementaire et possède un droit de veto sur les lois émanant du Parlement (1). Qu'on n'aille pas croire qu'il s'agit là de simples prérogatives honorifiques. Le président *possède tous ces droits et en use réellement.* Son devoir consiste à administrer le pays, non pas en maintenant l'équilibre entre les partis, comme cela a lieu en France, mais en favorisant le parti qui l'a élu et dont il ne saurait se séparer sans forfaire à l'honneur et à la foi jurée.

Cette courte description suffit pour donner une idée de la responsabilité présidentielle. La vie politique aux États-Unis exige de la grandeur, de l'abnégation et un réel sentiment d'un devoir à accomplir.

(1) Voir le chapitre consacré à la Constitution des États-Unis.

Fillmore, qui fut élu président après la mort de Taylor, racontait qu'il avait passé en prières et sous le coup de la plus indicible émotion la nuit qui précéda sa prise de possession du pouvoir.

James Polk, élu en 1849, entrait en fonctions dans un état de santé parfaite et avec des cheveux d'un noir superbe ; quatre ans plus tard, sa tête était complètement blanche et il se trouvait dans un état de décrépitude qui ne lui permettait plus d'accepter le renouvellement de son mandat.

Si l'on considère que le chef de l'exécutif d'une nation de 60 millions d'habitants touche un traitement annuel de 125.000 fr., on sera convaincu que l'honneur et le sentiment du devoir à accomplir sont les seuls mobiles des présidents américains.

On n'a jamais vu aux Etats-Unis un chef d'Etat faire sa fortune pendant la durée de son mandat (1). Il y a, au contraire, de nombreux exemples de présidents, descendus du pouvoir aussi pauvres qu'ils y étaient montés, et obligés de demander du travail après l'expiration de leurs fonctions. En voici quelques exemples :

(1) On sait qu'en France un président a pu se retirer après avoir amassé près de huit millions économisés sur son traitement.

Thomas Jefferson se trouva dans un tel état de détresse qu'il dût vendre sa bibliothèque. Monroe fut obligé de demander des secours au Congrès pour vivre. On connaît l'exemple plus récent du général Grant.

Un homme d'état américain illustre, de Gallatin, qui fut ministre des finances, ambassadeur en France, serait tombé dans le plus grand dénûment sans l'assistance de ses amis politiques qui l'aidèrent de leur crédit pour fonder une banque aujourd'hui très prospère.

Ce qu'on ne voit pas non plus aux Etats-Unis, c'est la presse politique consacrer chaque jour des colonnes aux faits et gestes du chef de l'exécutif, du moins à ceux qui concernent sa vie privée, ses voyages et ses villégiatures. Tandis que nous avons constamment les oreilles rebattues des gestes des Carnot, des Faure et des Lucie Faure, les présidents américains vont aux bains de mer ou aux eaux sans que personne pense à s'occuper de leur auguste personne. Les quelques tentatives faites récemment par les journaux d'Outre-Mer pour mettre leur président en vedette ont été fort mal accueillies.

Un journal de New-York ayant annoncé qu'il publierait dans son édition du dimanche un long article sur Gray Gables, la maison de campagne de M. Cleveland, et sur la vie qu'y mènent le président des Etats-Unis et sa famille, le tout accompagné d'un entretien avec le président lui-même, M. Cleveland a télégraphié au journal en question : « Votre correspondant n'a vu ni moi ni personne de ma maison. La publication d'un entretien quelconque sera une affreuse supercherie. »

Malgré cette protestation, le journal a publié l'article annoncé et, ce qu'il y a de plus joli, c'est qu'il a donné en tête la dépêche de M. Cleveland.

Quelques Villes de l'Union : Baltimore.

Différence avec les villes du Nord. Mauvais entretien des rues. La cité des monuments. Richesse commerciale de la ville. Mount-Vernon. Capitale catholique. La collection Walters. Environs de Baltimore. Annapolis. Académie navale. Les officiers de marine américains.

Je me suis échappé de Washington pendant 24 heures pour visiter Baltimore qui m'intéressait surtout par la célèbre Université qui vient d'y être créée, grâce à la libéralité de John Hopkins. Cette ville n'est du reste qu'à 45 kilomètres de la capitale.

Mais quelle déception pour le touriste qui quitte Washington pour arriver à Baltimore ! Au lieu des larges et belles avenues plantées d'ormes séculaires, convenablement pavées et bordées de jolies maisons, je trouve des rues poussiéreuses, étroites, pleines de fondrières, mal entretenues. Un inextricable réseau de fils télégraphiques cache presque le ciel et, à droite et à gauche sur le trottoir, d'énormes poteaux destinés à supporter les fils électriques. Chose à signaler : ces poteaux sont en bois brut, non équarris et

souvent tordus. Les boutiques sont à l'avenant :
mal peintes, mal décorées et recouvertes de
poussière et de taches de boue. Et, je parle là des
principales rues, de celles dans lesquelles se fait
le commerce de détail.

La plus importante gare qui débouche au centre de la ville n'est pas dégagée ; pas de voitures,
ni aucune des commodités qu'on trouve généralement autour des stations. Je finis cependant
par découvrir un landau séculaire, dont le cocher
veut bien me conduire à raison de deux dollars
par heure.

Chaque ville américaine a son surnom. On
appelle Baltimore la *Cité des Monuments*. Je me
demande pourquoi ; à part *Mont-Vernon Place* et
la cathédrale catholique, je n'ai rien trouvé dans
cette ville qui puisse porter le nom de monument, du moins dans le sens que nous donnons
à ce mot en Europe. Il y a à Baltimore des églises, des bibliothèques publiques très riches, des
théâtres, des musées, des hôpitaux, de nombreuses académies, une prison ; mais aucun de ces
édifices n'a vraiment le caractère monumental.

Baltimore ne présente même pas, dans la distribution de son damier, la régularité mathéma-
tique de la plupart des villes américaines et qui
permet si facilement de s'orienter.

Par contre, la ville est riche et son commerce ainsi que sa population augmentent chaque jour. Par suite d'un heureux concours de circonstances, Baltimore s'est toujours trouvé en dehors des batailles qui ont plus ou moins retardé l'évolution des autres cités ; elle a échappé à la guerre de l'Indépendance ; elle a résisté victorieusement au siège des Anglais en 1814 et elle s'est trouvée en dehors de la sphère d'action des armées pendant les grands combats de la guerre de sécession. Depuis sa fondation, qui date de 1728, elle n'a cessé de prospérer et elle compte aujourd'hui (1896) plus de 500.000 habitants.

C'est autour de *Mont-Vernon Place* situé sur une éminence à peu près au centre de la ville que sont groupées les habitations des riches négociants. Plusieurs d'entre elles sont fort belles ; mais je leur reproche comme à la plupart des maisons privées de New-York, l'absence de cours et de jardins.

Au centre de ce petit square se trouve le monument élevé à Washington. C'est une belle colonne de 45 mètres de hauteur, surmontée d'une statue colossale du héros de l'indépendance et entourée de bronzes allégoriques très artistiques, parmi lesquels j'ai admiré un beau lion de

Barie. Le *Courage militaire* de Dubois figure également sur cette place.

Baltimore, dont j'ai déjà cité la cathédrale, est la capitale catholique de l'Amérique et la résidence d'un cardinal.

Il faut donner une mention spéciale à l'admirable collection de tableaux que M. T. W. Walters a recueillie et qui peut être considérée comme la plus riche collection d'amateurs qui existe dans le monde entier. Elle ne comprend que des œuvres modernes et choisies appartenant presque toutes à l'école française. Corot, Rosa Bonheur, Henner, Millet, Meissonier, Gérome, Jules Breton, Eugène Delacroix, Horace Vernet, de Neuville y sont représentés par leurs meilleures œuvres. La visite de cette collection vaut le voyage de Baltimore.

Enfin, c'est dans cette ville que M. John Hopkins a fondé la célèbre université qui porte son nom. Ce riche philanthrope a laissé les 35 millions qu'il avait acquis dans le commerce à sa ville natale, pour la doter d'un établissement d'enseignement supérieur. Trois millions ont été consacrés à la construction d'un hôpital qui peut être considéré comme un modèle au point de vue de l'hygiène, de l'aération et de la bonne distribution des services. J'ai particulièrement admiré les salles de chirurgie et la clinique modèle organisée par M. le Dr Kelly. Une importante école de médecine vient d'être annexée à l'hôpital et produira certainement les meilleurs professeurs des États-Unis.

Il y a en outre beaucoup d'autres institutions sociales remarquables ; telles sont le *Collège des femmes*, le *Bryn Mawr School*, qui font de Baltimore un centre intellectuel des plus importants. J'ajouterai que les habitants ont la réputation très méritée d'être aimables, intelligents et courtois.

Si la ville même n'est pas belle, on ne peut en dire autant des environs, qui sont justement réputés pour leur beauté. Baltimore est en effet construit à l'extrémité de la baie de Chesapeake, la plus large de la côte de l'Atlantique, qui peut recevoir les navires de tout tonnage ; je recommande particulièrement au touriste une excursion dans la baie, sur un des nombreux steamers qui la sillonnent continuellement.

On pourra même pousser jusqu'à Annapolis, la jolie et tranquille capitale de l'état de Maryland, située à environ 40 kilomètres au sud, dans la baie de Chesapeake. C'est dans cette ville qu'a été créée, en 1845, l'*Académie navale des États-Unis*. Il ne faut pas manquer de visiter cette importante école navale, qui a déjà fourni une pléiade d'officiers remarquables. L'enseignement technique demande quatre années dont deux à terre et deux à la mer. L'Académie navale d'Annapolis intéressera le spécialiste tant par le caractère éminemment pratique donné à l'enseignement que par la bonne discipline et la direction des études.

Si les Etats-Unis n'ont pas encore une marine à la hauteur des grandes nations Européennes, ils travaillent rapidement dans cette voie ; ils ont récemment visité l'Europe sur de superbes croiseurs, de construction récente, et il est probable qu'ils seront dans une quinzaine d'années en état de lutter avec nous sur les mers.

J'ai eu souvent l'occasion de fréquenter des officiers de la flotte américaine et j'ai pu constater qu'ils appartenaient à l'élite de la Société, non seulement par leurs aptitudes techniques, mais encore par leur courtoisie et leur parfaite urbanité.

L'école d'Annapolis envoie chaque année quelques-uns de ses meilleurs élèves à Paris, pour compléter leur instruction technique à notre école du Génie naval.

Quelques villes de l'Union :
Chicago et l'Ouest.

Chicago en 1865. Accroissement énorme de la population. Population étrangère. Embellissements de la
ville. Surélévation des maisons. Incendie de 1891.
Maisons de 21 étages. Parcs et promenades publiques. Les Hôtels. L'Auditorium. L'Université. Les
hôpitaux. Le marché du blé. Les stockyards. Le
coût de la vie à Chicago. La foire du monde en 1893.
Conséquences de l'exposition Colombienne. Le patriotisme américain. Les Allemands dans l'Ouest.
Le nom de Bismarck donné à la capitale d'un Etat.
La fusion des classes est plus difficile. Invasion
germanique. Grèves de Chicago, en 1894. Excès de
l'émigration. Suractivité de l'industrie américaine.

Chicago est une des choses les plus surpre-
nantes, parmi les nombreuses choses surpre-
nantes que présentent les États-Unis à l'Europe
ébahie.

Je suis allé pour la première fois en Amérique
en 1865 peu après la guerre de sécession ; Chicago, dont on ne parlait pas alors, était une
ville insignifiante, comptant une cinquantaine
de mille habitants ; aujourd'hui, ce n'est plus
une ville, c'est un monde dont les habitants se
comptent par centaines de milles, dont le com-

merce rayonne dans toute l'Amérique du Nord depuis Québec, jusqu'à La Nouvelle-Orléans ; c'est un réseau inextricable de voies ferrées, véritable capitale des *Railroads* américains.

Les citoyens qui ont tracé le plan de Chicago avaient certainement l'idée de faire *grand* ; placés au milieu d'une prairie immense, sur les bords d'un lac presque aussi vaste que la Méditerranée, ayant déjà connu les grandes cités comme New-York, ils ont rêvé de faire encore plus grand et ils ont tracé sur le papier le plan d'une ville ayant 400 kilomètres de surface avec des avenues, des places, des parcs et des quais en proportion. Ce plan qu'on pouvait traiter de chimérique, il y a cinquante ans, est maintenant réalisé. Chicago est aujourd'hui en partie bâtie; les *blocs* vides se remplissent rapidement et on compte (1896) un million et demi d'habitants.

Elle est déjà la plus grande cité ; elle deviendra rapidement la plus peuplée si son développement continue dans les mêmes proportions.

C'est certainement à l'émigration que la grande ville de l'Ouest doit l'augmentation rapide de sa population. Ainsi, parmi ses habitants, il y en a à peine un quart qui sont nés en Amérique ; les autres sont Allemands (500.000), Irlandais ou Anglais (350.000), Scandinaves (100.000), Polonais (60.000), Bohémiens (50.000).

Il y a également un assez grand nombre d'Italiens et quelques rares Français.

L'histoire de Chicago présente deux particularités intéressantes qui prouvent le courage et l'ingéniosité de ses habitants.

En 1855, la ville commençait déjà à prendre une certaine importance lorsque les habitants s'aperçurent, à la suite d'une inondation, que leurs maisons bâties à la hâte, s'enfonçaient dans un sol humide et insuffisamment solide. Un architecte ingénieux a inventé une série d'appareils permettant d'exhausser les maisons et de les suspendre en l'air pendant qu'on construisait un sous-sol maçonné. On peut dire que la ville presque entière qui se composait déjà de 10.000 maisons a été surélevée d'environ 3 mètres par ce système sans que les habitants aient quitté leurs habitations.

En 1871, un immense incendie détruisit tout le centre de la cité et cent mille habitants restèrent sans asile. Les travaux de reconstruction commencèrent immédiatement, et cet affreux malheur a été le signal d'un relèvement général. Au lieu d'un Chicago en bois, on a fait une magnifique cité en pierre et en briques et la plupart des édifices publics sont maintenant incombustibles.

On a accusé Chicago d'être une ville d'affaires

dont les habitants négligent absolument le côté artistique ; ce reproche est certainement immérité et je ne connais aucune ville qui ait fait plus de sacrifices pour son embellissement, pour ses institutions charitables, pour le développement des sciences. Chicago est, avec Washington, la seule ville qui ait le souci de l'esthétique et qui ait fait disparaître de ses rues, pour le canaliser, l'énorme réseau de ses fils télégraphiques; c'est la seule ville qui ait pris les mesures légales nécessaires pour obliger les habitants à bâtir leurs maisons sur un plan conforme à l'hygiène et à l'esthétique et qui ait *enrayé* la construction de ces mastodontes à 20 étages qui déparent un grand nombre de cités américaines. Je dis *enrayé* parce que le voyageur trouvera encore à Chicago d'horribles édifices, tels que le temple maçonnique, qui n'ont d'autre mérite que d'avoir 21 étages et qui écrasent le voisinage. D'après les nouveaux règlements, la hauteur de 50 mètres ne pourra plus être dépassée. Un bon point pour la municipalité chicagoenne.

Ce que j'ai le plus admiré dans la capitale de l'Ouest, ce sont les parcs et les promenades publiques désignées sous le nom d'avenues et de boulevard et dont plusieurs ont la largeur et la longueur de nos Champs-Elysées de Paris.

Les parcs sont admirablement tracés et,

8.

lorsque le développement des plantations sera plus avancé, ils constitueront un grand centre d'attraction. L'un, *Lincoln Parc*, situé au nord de la ville, a une superficie de plus de cent hectares et contient de magnifiques serres et jardins ; il a sur le lac Michigan un magnifique *enbankment* en pierre de taille.

L'autre, *Jackson Park*, plus connu pour avoir été le siège de la célèbre exposition colombienne de 1893, contient plus de deux cents hectares. Grâce à l'obligeance de mon ami le D' Dudley, le célèbre chirurgien de l'hôpital Saint-Luke, j'ai pu visiter l'exposition dont la plupart des bâtiments subsistent encore et comprendre les splendeurs passées de ce qu'on avait justement appelé la *merveilleuse cité blanche*.

Je n'ai vu nulle part aux États-Unis, ni même en Europe, des avenues mieux tracées et plus richement construites que celles qu'on rencontre à Chicago. Sous ce rapport, la célèbre *cinquième avenue* de New-York est distancée par *Michigan avenue*, *Prairie avenue*, *Drexel boulevard*, *Lake shore drive*, etc.

Les habitations particulières sont construites avec goût sur un emplacement suffisant ; elles sont, pour la plupart, entourées de jardins et pourvues d'un péristyle couvert ou d'une porte cochère, ce que je n'ai rencontré nulle part en Amérique.

Les hôtels méritent une mention spéciale ; ils sont très nombreux et construits dans des proportions inconnues en Europe.

L'*Auditorium* a coûté 15 millions de francs et contient, outre la place pour un millier de voyageurs, un théâtre pouvant recevoir 5.000 spectateurs. Malheureusement les Chicagoens, en voulant faire *grand*, ont dépassé la mesure et l'industrie des hôtels y traverse en ce moment une crise formidable.

Cet *Auditorium*, qui est bien sans conteste la plus vaste salle de spectacle existant actuellement au monde, mérite vraiment l'examen.

Imaginez un immense édifice de forme rectangulaire et dont trois des côtés sont bordés par des rues.

Les deux petits côtés ont chacun 58 mètres de longueur et les grands 116.

Suivant un usage courant en Amérique, un hôtel est adjoint au théâtre ; il occupe tout un long et un petit côté de la construction. L'autre petit côté est réservé à des bureaux, et c'est dans l'espace enfermé entre ces trois vastes corps de bâtiment qu'est édifiée la salle de spectacle qui mesure 54 mètres de long sur 30 de

large et est complètement isolée des édifices
environnants par d'épais murs de pierre.

La hauteur du monument est de 44 mètres ;
elle est divisée en dix étages et se trouve surmontée d'une tour comprenant 8 autres étages,
ce qui porte son élévation totale à 76 mètres,
c'est-à-dire à quelques mètres de plus que la
plate-forme des tours de Notre-Dame.

L'aménagement de l'édifice est particulièrement pratique, et pour les besoins du théâtre
et pour ceux de l'hôtel et des bureaux qui y sont
annexés.

Pour le théâtre, dont la scène, profonde de 18
mètres 80, présente une largeur de 30 mètres 1/2,
les dispositions les plus parfaites ont été prises.
Le public y accède de deux côtés, et cinq ascenseurs monstres le conduisent à la hauteur des
places qu'il doit occuper.

Au surplus, rien n'oblige à user des ascenseurs :
au rez-de-chaussée se trouve en effet installé,
derrière la salle de spectacle même, un immense
foyer d'où l'on pénètre de plain-pied au parterre,
et, par quatre larges escaliers, aux galeries et
aux loges.

Quant à la scène et à la salle, inutile d'ajouter qu'elles sont complètement isolées l'une de
l'autre par un rideau de fer.

La salle de l'*Auditorium* a été établie à deux

fins : comme théâtre avec 6,000 places assi-
ses, — près de trois fois ce que contient notre
Opéra de Paris, — et comme lieu de réunion
pour les assemblées publiques ou autres. Dans
ce dernier cas, l'*Auditorium* peut alors donner
asile à onze mille personnes, et la salle et la
scène ne forment plus qu'une seule et vaste
pièce longue de 75 mètres et large de 30 m. 50.

L'*Auditorium* de Chicago, de même que toutes
les grandes constructions analogues, est édifié
avec des matériaux légers et particulièrement
résistants.

La pierre de taille n'est utilisée que pour les
fondations et la charpente est toute en fer, si
bien que les chances d'incendie sont de la sorte
aussi réduites que possible. Au surplus, l'eau
est partout distribuée en abondance, grâce à
un vaste réservoir aménagé tout au haut de la
tour, à 73 mètres au-dessus du niveau du sol.

Quant à l'éclairage, il est entièrement assuré
par des lampes électriques, au nombre de 8,600,
dont 4,000 sont employées pour les besoins
mêmes du théâtre.

Grâce à mon excellent ami M. Whitfield qui
a été pour moi le plus aimable *cicerone*, j'ai pu
visiter Chicago rapidement et en comprendre
le développement et l'immensité ; j'ai pu pénétrer partout, dans les banques, dans les admi-

nistrations et jusque dans les fameux *Stocks-Yards* qui ont atteint une célébrité européenne.

Mais avant de parler de ce point important de la Cité, je dois signaler quelques-uns de ses plus importants monuments et dire quelques mots de son commerce et de ses institutions.

Les édifices vraiment architecturaux ne sont pas nombreux à Chicago qui se distingue surtout comme New-York par ses bureaux de 20 étages que je suis loin d'admirer, mais dont il convient cependant de signaler l'ingénieuse organisation.

Il faut cependant parler de l'*Hôtel de Ville* (*City and County Court House*), magnifique monument ayant coûté 25 millions, et qui est malheureusement écrasé par les édifices utilitaires qui l'entourent.

L'*Université*, ouverte en 1892, a été richement dotée par l'Etat et les particuliers, qui y ont consacré jusqu'à présent 45 millions de francs. Une immense bibliothèque monumentale vient d'être édifiée à *Ogden Square*, grâce à la munificence de M. Newberry qui a laissé 18 millions à cet effet.

Les institutions médicales de Chicago sont importantes et parfaitement organisées. Je citerai le collège des chirurgiens et médecins, le *Rush medical College* et plusieurs hôpitaux im-

portants qui se sont annexées des écoles de
médecine : *County hospital*, *Saint Luke's hospital*. Mon excellent ami M. Getty a été un des
principaux donateurs qui ont permis de fonder
ce dernier établissement.

Le service public des eaux mérite une mention
spéciale. Afin d'assurer définitivement une quantité suffisante d'eaux potables, les ingénieurs
ont eu l'idée d'aller chercher ce précieux liquide
sous le lac en établissant un tunnel sous-marin
de près de 4 kilomètres. L'eau est refoulée par
de gigantesques machines élévatoires dans un
réservoir d'où elle est distribuée dans toute la
ville.

Mais il a fallu, puisqu'on prenait l'eau potable
dans le lac, éviter que les égouts vinssent la
souiller. Pour cela, les ingénieurs ont fait un
autre tour de force. Les égouts se jetaient dans
la rivière *Chicago*, qui elle-même se jetait dans
le lac ; par un mécanisme merveilleux, ils ont
renversé le cours de la rivière qui va maintenant
se jeter dans le *canal Michigan* et, de là, dans
l'Illinois et le Mississipi. On sait que Chicago
est en communication directe avec la mer des
Antilles par l'Illinois et avec l'Océan par la
chaîne des lacs et le Saint-Laurent.

Il faut encore signaler parmi les curiosités de

Chicago les *Elévateurs*, vastes édifices élevés destinés à abriter les blés. L'étage inférieur de ces immenses bâtiments, construit sur les rivières ou les canaux, est destiné à recevoir, soit les trains, soit les bateaux chargés de blés. Un mécanisme ingénieux permet de saisir le blé par des anses pour l'élever et le projeter dans une immense caisse, située à l'étage supérieur. Une fois parvenu à ce point culminant, il est pesé et classé dans des réservoirs définitifs. Lorsqu'on veut retirer le blé, il n'y a qu'à l'abandonner à son propre poids ; il vient remplir des sacs, des wagons ou des navires, pour être ensuite distribué dans le monde entier. On peut dire que par son immense approvisionnement de viande et de blé, Chicago est une des plus importantes villes du globe. C'est la mamelle nourricière du monde.

Quelques chiffres justifient cette assertion.

En 1892, le commerce de Chicago s'est élevé à 7 milliards 700 millions de francs. Dans ce nombre l'exportation des grains s'est élevée à un milliard 250 millions de francs. Il faut dire que cette ville est un des centres manufacturiers des plus considérables, et que la plupart des locomotives et wagons employés aux États-Unis sortent de ses chantiers.

Il faut encore parler d'une industrie qui contribue considérablement à la prospérité de la grande capitale de l'Ouest. Ce sont les *stock-yards* ou parcs à bestiaux, dans lesquels s'opèrent d'une façon mécanique, le massacre, et la préparation des 3 ou 4 millions d'animaux que Chicago fournit annuellement à la consommation du globe. Je vais consacrer une visite spéciale à ces établissements dont les habitants de Chicago sont aussi fiers que de leurs bibliothèques publiques.

Disons maintenant quelques mots de la vie matérielle dans la grande capitale de l'Ouest. Les quelques Français qui ont assisté à l'exposition de 1893 ont rapporté, à ce sujet, des légendes qu'il est bon de combattre dans l'intérêt de la vérité.

Le coût de la vie à Chicago dépend complètement de ce que vous avez à dépenser. Vous pouvez trouver à coucher et à manger à Chicago pour quelques sous par jour. Le bon marché de cette manière de vivre attire, par exemple, dans cette ville, des centaines et des milliers de vagabonds, mendiants, sacripants de tous genres, qui donnent un surcroît extraordinaire de travail à la police.

Il y a des restaurants philanthropiques à deux sous.

Il y a des « free lunches » et des lits de station, aussi pour rien. Donc, le minimum de la

9

vie à Chicago serait : Free lunches, dol. 0,000.
Logements dans la « Station-House », dol. 0,000.
Total, dol. 0,000.

En conséquence, un homme qui a vingt sous
à dépenser par jour, se trouve comparative-
ment un citoyen heureux. Il dort dans un lit-ti-
roir au *lodging house*, douillettement couché sur
des copeaux de menuisier, pour 5 sous. Il attra-
pe très souvent une cuisse de poulet ou de dinde
pour son dîner, à 5 sous. S'il n'a pas ces dernières douceurs, il peut manger tout son saoûl, de
la bonne viande de bœuf ou de cochon, avec ce
qu'il lui lui faut d'un bon pain brun. Je crois
donc que Chicago a le monopole de la vie à bon
marché.

Depuis la fermeture de l'Exposition colombienne, surtout, la pension et le logement ont
été à meilleur marché que depuis nombre d'années. Il y a de bons hôtels près du centre des
affaires, qui vous donnent, aujourd'hui, la pension et la chambre pour 8, 10, 12 dollars par semaine, tandis qu'au temps de l'Exposition les prix
des chambres seules, dans ces hôtels, étaient de
3 à 5 dollars par jour.

Puisque je parle de l'exposition colombienne,
que si peu de Français ont visitée et qu'aucun
d'eux n'a comprise, je dois donner quelques aper-

çus sur cette œuvre gigantesque, qui a eu une
si grande influence sur la vie sociale des Etats-
Unis.

Merveilleusement placée sur les bords du lac
Michigan, avec des palais épars au milieu d'un
groupe d'îles et de canaux qui lui donnaient une
apparence vénitienne, cette exposition n'a pas
eu le succès pécuniaire qu'on espérait.

Au point de vue architectural, elle a fait le
plus grand honneur à l'art américain, qui a
fourni pour la première fois des œuvres élégantes, légères, proportionnées qui faisaient le
plus heureux contraste avec les constructions de
vingt étages, qui déshonorent les grandes cités
américaines. Rien n'était plus gracieux que cette
séries de palais, de fontaines, de ponts, de quais,
dont les façades blanches se détachaient sur le
fond vert des bosquets, et le ciel souvent bru-
meux des bords du Michigan.

Mais je n'entreprendrai pas la description de
cette exposition qui a été faite si souvent et
dont il ne reste plus aucune trace. Je désire seulement appeler l'attention sur les conséquences
sociales et politiques dont on peut aujourd'hui
comprendre et apprécier toute l'importance.

L'exposition colombienne est la première réunion vraiment nationale qui ait eu lieu depuis la
fondation de la grande République ; elle a consa-

cré et consolidé l'union de tous les Etats et a
puissamment contribué à développer le sentiment du patriotisme américain. Cela a été mon
impression et cette opinion a été fort bien expri-
mée par un écrivain français, M. Pierre de
Coubertin :

Le succès est venu, dit M. de Coubertin, par
où nul ne l'attendait. Au lieu d'une foire merveilleuse, faite pour égayer et charmer, les architectes, on ne sait pourquoi, ont élevé une
ville surnaturelle dans sa conception, faite pour
la prière et le recueillement et, tout de suite,
une idée a circulé sous ces portiques solennels,
une idée qui se dégageait toute seule des efforts
de chacun, l'idée de l'unité. Les New-Yorkais,
les habitants de la nouvelle Angleterre qui dé-
testent ou jalousent Chicago, sont venus rail-
leurs et sont repartis touchés ; ceux du Sud,
encore sous le poids de la défaite, ont senti fon-
dre leurs rancunes et s'apaiser le sentiment de
leur humiliation. Une fois dans le forum, Chicago s'était effacé et, pour la première fois, ils
s'étaient trouvés tous face à face avec la *réalité
des Etats-Unis*, de cette grande patrie qu'ils ai-
maient et servaient sans la connaître, sans l'avoir
vue jamais !

... A de certains jours anniversaires d'événe-
ments mémorables, empruntés à l'histoire locale,

le pavillon se décorait ; on drapait les fenêtres avec ces petits oripeaux au moyen desquels les Yankees expriment leur allégresse et qui ont l'air d'une lessive de saltimbanques, et sur le coup de midi, le gouverneur de l'Etat, suivi d'un cortège de landaus à cochers nègres, escorté d'un détachement de sa garde nationale, se rendait à travers les jardins, puis le long de la cour d'honneur jusqu'au dôme central. Là sur une esplanade se trouvait la fameuse cloche de la Liberté, épave des grands jours de la Révolution et dont le voyage de Philadelphie à Chicago s'était accompli au milieu d'une si curieuse ovation, la foule s'encombrant aux gares pour voir passer la cloche, lui jeter des fleurs et lui présenter les enfants... Auprès d'elle, on trouvait invariablement le maire de Chicago, Harrisson, celui-là même qui devait périr un peu plus tard sous le poignard d'un fanatique. Il s'était constitué le gardien de cette cloche, et, après un échange de discours et de civilités, il la faisait tinter en l'honneur de l'Etat dont c'était la fête. Ensuite, le cortège se débandait au travers de l'Exposition, chacun portant fièrement à la boutonnière ou sur l'épaule, des insignes compliqués ou de grands rubans de satin multicolores.

Ces cérémonies, qui se renouvelaient assez

fréquemment, causaient beaucoup d'hilarité
parmi les Européens : les cochers nègres, les
panaches, la naïve emphase de la promenade, le
chapeau mou du maire Harrisson prêtaient aux
quolibets ; mais il arrive souvent que les choses
risibles ont un grand fond de sérieux et que
les peuples, comme les enfants, symbolisent en
leurs amusements ce qui se passe dans le tré-
fond de leur âme.

De sorte que l'Exposition représentait assez
bien ce patriotisme à deux étages sur lequel
M. James Bryce appelle tout de suite l'attention
du lecteur au début de son fameux ouvrage,
American commonwealth ; *l'Etat* que l'on aime
un peu à la vieille manière, d'un amour bour-
geois, pot-au-feu, détaillé ; la *nation* vers laquelle
monte un sentiment plus pur, plus sacré,
dépouillé de toute tendance vile, distinct de tout
intérêt de clocher ; le même sentiment que Rome
inspira, vers le temps de l'empire, aux habitants
des provinces d'Espagne, de Gaule ou d'Afri-
que.

Ces patriotismes-là ne s'opposent pas, comme
le donnent à penser certains indices superfi-
ciels : ils dérivent les uns des autres. Ce sont
comme autant de rivières descendant des collines vers un grand lac dans lequel elles se déver-
sent, mais des rivières qui auraient conscience

de leur mission et poursuivraient, dans le grand lac, leurs cours individuels.

Ce beau tableau patriotique a cependant une ombre, et c'est justement à propos des Etats de l'ouest et plus particulièrement de Chicago qu'il convient de la signaler.

J'ai déjà dit au commencement de ce chapitre que la ville de Chicago contenait près de 500.000 Allemands, c'est-à-dire le tiers de sa population totale. La même proportion se retrouve presque dans la plupart des Etats de l'ouest qui sont l'objet d'une véritable invasion teutonne. C'est au point qu'un de ces Etats, celui de North Dakota, a baptisé sa capitale du nom de Bismarck. Si cet homme d'Etat a rendu des services à la Prusse, il n'en a certainement rendu aucun à l'Amérique, si ce n'est en poussant de l'Allemagne vers les Etats-Unis, des milliers d'émigrants qui fuyaient le joug du militarisme.

On sait que, depuis près d'un siècle, c'est l'Allemagne qui a fourni la plus grande partie des colons qui ont peuplé les cantons de l'ouest ; mais ceux-ci fusionnaient rapidement avec le peuple américain dont ils adoptaient vite les mœurs, le langage et les allures indépendantes. Il suffisait d'une génération pour transformer complètement l'Allemand en parfait Yankee ; les enfants apprenaient seulement la langue anglaise et il arrivait souvent à de vieux colons d'oublier le vieil idiome germanique.

Si je suis bien renseigné, il n'en serait plus de même aujourd'hui. Un américain patriote me faisait récemment remarquer la diffusion de plus en plus rapide de la langue allemande, de la librairie allemande, de l'éducation universitaire allemande.

Au budget du *Board of Education* de l'État de l'Illinois, budget qui monte à plus de six millions de dollars, on voit une somme de près de 200.000 dollars uniquement attribuée aux honoraires des professeurs d'allemand et à l'achat des livres allemands.

L'Amérique, qui luttait déjà contre l'invasion des Chinois, devra-t-elle un jour se défendre contre l'envahissement des Germains ?

On se demande quelles mesures prohibitives elle pourrait employer ; et si elle n'en emploie aucune et si l'immigration teutonne continue, ce sera un spectacle assez curieux qu'offrira l'Ouest dans trente ou quarante ans.

Je livre ces réflexions à mes amis les Yankees qui ont plus que tous les autres peuples de l'union le souci de la nationalité américaine qui se trouverait certainement menacée le jour où la langue allemande sera substituée à la langue anglaise et où la capitale des Etats-Unis échangera son nom vénéré de *Washington* contre celui de *Guillaume*.

Qu'on n'aille pas croire que ces remarques sont inspirées à un Français par haine des Allemands. Il y a longtemps que Jonathan s'inquiète de l'allure suspecte des étrangers qui peuplent les Etats de l'Ouest et qui ont été les organisateurs de la célèbre grève des chemins de fer en 1891 qui a ensanglanté Chicago ; le jour n'est peut-être pas loin où il devra prendre des mesures efficaces pour combattre le péril teuton, pour empêcher qu'il se forme une Amérique allemande au milieu de la grande nation unie.

« Du jour où l'excès de l'immigration aura vraiment créé deux Amériques en Amérique, a dit M. Bourget, le conflit entre ces deux mondes sera aussi inévitable que celui de l'Angleterre et de l'Irlande, de l'Allemagne et de la France, de la Chine et du Japon. Ce n'est pas contre son patron que l'ouvrier américain de New-York, de Philadelphie et de Baltimore sera conduit à faire la guerre. C'est contre l'ouvrier étranger que son patron et lui finiront par s'entendre. En résumé, il s'est élaboré dans cette vaste démocratie une forme de civilisation très parti-

9.

culière, anglo-saxonne dans son origine. Une
autre est en train de s'élaborer à travers les
associations cosmopolites et qui n'a rien de
commun avec la première. Si cette seconde force
aboutit par des grèves trop générales et par des
illégalités trop violentes, à une maladie de la
vie nationale, la guerre civile éclatera. »

Je suis la politique et le développement de la
grande Union depuis trente ans et je suis loin
de croire à un danger aussi grand et aussi
immédiat.

Le mal qui sévit en Amérique est la résul-
tante des conditions économiques, provenant
d'une trop grande émigration et d'une suractivité factice de l'industrie nationale.

Autrefois, lorsque l'émigration allemande avait
lieu par doses modérées, les nouveau-venus
s'assimilaient rapidement et leur plus grand
désir était d'être considérés comme des citoyens
américains ; dans ces dernières années, de 1880
à 1890 on a jeté dans le nouveau continent des
masses trop compactes qui n'ont pas eu le temps
de se fusionner avec l'élément ancien et se sont
organisées en restant allemandes. C'est ainsi
que les nouveau-venus se sont trouvés à la tête
des municipalités et même, dans certains États
de l'ouest, à avoir la majorité dans les assem-

blées législatives. De là cette propagation de la langue allemande, ces groupements d'ouvriers étrangers qui ne tarderaient pas à se déclarer les maîtres si on n'y mettait le *holà*.

Mais Jonathan veille. Il a déjà pris des mesures restrictives contre l'émigration qui a considérablement diminué ; il saura agir en temps utile contre l'ingérence teutonne, surtout lorsque, comme à Chicago, elle se manifestera par des allures révolutionnaires. L'attitude prise par le gouvernement fédéral pendant la grève de 1894 ne laisse aucun doute à cet égard.

Une Industrie de Chicago : les Stock-Yards.

Les Parcs à bestiaux. Les Cow-boys. Les Packing-houses. Histoire d'un cochon américain. Curieuse industrie. Les moutons et les bœufs. Importance du marché des viandes.

Il ne faut pas aller à Chicago sans visiter les parcs à bestiaux et les immenses établissements destinés à l'abatage des animaux et à l'emballage des viandes. Le développement de cette énorme industrie est intimement lié à la prospérité de la grande ville. Cette assertion est suffisamment appuyée par les chiffres suivants : en 1890 il a été remisé dans les stocks un million 985,700 animaux ; sur ce nombre vingt pour cent seulement ont été dirigés vivants sur d'autres pays ; le reste a été abattu, préparé, dressé et emballé dans les *packing-houses* de Chicago. Le produit total de ces produits manufacturés a été, en 1890, de 685 millions de francs.

Les parcs à bestiaux sont situés dans la ville même à environ 8 kilomètres du centre. On traverse, pour s'y rendre, plusieurs belles avenues, puis on pénètre dans des quartiers plus popu-

leux et on arrive enfin en face d'un portique en
bois surmonté d'une monumentale paire de cor-
nes. C'est l'entrée des *Union stock-yards*.

Les stock-yards sont d'immenses entrepôts
de bétail couvrant environ 200 hectares de superficie et disposés en petits parcs séparés par
des cloisons et des avenues. Il y a environ huit
cent cases plus ou moins grandes destinées à
conserver provisoirement le bétail, en attendant
qu'il soit vendu. Chaque case est entourée de
mangeoires et largement approvisionnée d'eau.

Les *stock-yards* sont parcourus par des chemins de fer, et pour que cet immense espace de
terrain n'encombre pas la circulation de la ville,
on a pratiqué au-dessus des parcs des rues
superposées.

En somme, les opérations des Compagnies
des *stock-yards* sont des plus simples. Elles
reçoivent, à titre d'entrepôt, les troupeaux en-
voyés par les propriétaires des Etats voisins et
sont chargées de les vendre au mieux. Elles
prélèvent une commission de vente, plus une
somme fixe pour chaque journée de garde et
nourriture. La plupart des animaux amenés
dans les parcs sont du reste achetés d'avance
par les *Packing-houses* qui dépendent du *stock-
yard* pour y être immédiatement abattus et mis
en conserve. En une seule journée les parcs ont

reçu 9.000 bœufs, 1.000 veaux, 600 moutons et 1.500 porcs.

La vue d'ensemble des *stock-yards* est intéressante. On voit des milliers de troupeaux conduits dans les parcs, d'autres sont introduits dans des *maisons à bascule* où ils sont pesés en masse ; çà et là dans les avenues trottent à cheval les surveillants et les fermiers. Ce sont de bien curieux types que ces surveillants désignés sous le nom de *Cow-boys*. Montés sur de superbes chevaux à la manière du capitaine Cody, on les prendrait plutôt pour des *gauchos* de la République Argentine que pour des fermiers du Wisconsin. Dans le voisinage s'est élevée une agglomération importante de maisons habitées par les ouvriers au nombre de 30,000 qu'emploient les *stock-yards*. La plupart sont Allemands.

Il a passé en 1893 dans les parcs de Chicago quatre millions de bœufs, deux millions de porcs, trois millions de moutons et cent mille chevaux, le tout ayant une valeur de plus d'un milliard de franc.

Mais ce qu'il faut surtout voir aux *stock-yards*, ce sont les *Packing-houses*, c'est-à-dire les établissements où sont abattus les millions d'animaux qui partent de Chicago pour alimenter le monde entier.

Si le ciel est le but final pour l'homme, on peut
dire que le but final du cochon, c'est la saucisse ; si l'homme est créé et mis au monde pour
faire son salut, le cochon est créé et mis au
monde pour faire du lard. Il ne faut donc pas
se scandaliser si les habitants de Chicago ont
inventé les plus ingénieux appareils pour assurer rapidement et pour ainsi dire mathémati-
quement la transformation de cet animal ; en
agissant ainsi ils ont obéi au vœu de la nature,
épargné de longues souffrances au petit cochon
en le menant rapidement et sûrement au but
final qui lui a été assigné par les décrets de
l'homme.

Ce n'est pas une exagération que dire qu'il
existe aujourd'hui des machines dans lesquelles
le cochon entre vivant pour en sortir à l'état de
saucisse. Mais le *processus* mérite d'être connu
en détail et je vais m'efforcer de décrire les diverses phases par lesquels passe l'animal depuis
sa naissance jusqu'à sa transformation en lard
et jambons. On peut appeler cela l'*histoire d'un
cochon américain.*

Il est impossible de pénétrer dans les ateliers
des *stock-yards* sans une autorisation et sans
être muni d'un guide. Autre conseil nécessaire :
retroussez bien vos pantalons et ne prenez pas
vos effets les plus fins pour cette visite dans

laquelle vous risquez fort d'être inondé de graisse et de sang.

Les cochons qui arrivent frais et pimpants des riches plaines du Wisconsin et du Michigan où ils ont connu tous les bonheurs de la gastronomie, sont d'abord accumulés dans les cours, pesés, comptés et classés. Puis ils sont amenés par groupes de cent, par des ascenseurs électriques, dans de petits compartiments où nous les entendons grogner au moment ou commence notre visite. Ils ignorent encore leur sort, aussi le premier groupe grogne, remue et folâtre ; mais cette joie est de courte durée.

Un *boy* attache sournoisement une chaînette à la patte de derrière de l'animal qui est immédiatement soulevé par un mécanisme à une hauteur de 3 mètres et suspendu à une tringle inclinée et glissante ; une seconde après la bête est entraînée par son propre poids devant le sacrificateur qui plonge son couteau dans la gorge. C'est fini ; le cochon encore pantelant est entraîné dans une vaste cuve bouillante où il séjourne quelques minutes ; de là il est repêché par un tridon, accroché de nouveau par les naseaux à la machine pour être entraîné dans le *racloir*.

Cette triple opération demande à peine quelques minutes et les animaux passent sans interruption devant le sacrificateur qui leur donne le coup de grâce ; le sang qui coule à flots est recueilli dans des réservoirs pour être ensuite séché, pulvérisé et utilisé comme engrais ou comme aliment.

Le *racloir* est un appareil très ingénieux. L'animal est pris dans une sorte d'engrenage dans lequel toutes les parties de son corps passent successivement. Au bout de 8 à 10 secondes le cochon, qui était encore sale, hirsute et dégoûtant, ressort blanc comme la neige et sans qu'il existe sur sa peau le plus petit duvet. Les poils sont recueillis précieusement pour être vendus aux marchands de cheveux et aux fabricants de brosses.

La machine saisit alors l'animal par les pattes et le suspend de nouveau à la tringle à glissement pour le conduire devant un habile ouvrier qui d'un habile coup de couteau lui ouvre le ventre et lui enlève les intestins, un autre lui tranche habilement la tête et lui détache la langue, un troisième lui enlève le lard. Ces opérations sont faites successivement à mesure que la tringle amène l'animal devant chaque ouvrier.

Ainsi préparé et dépourvu de sa tête, le pauvre cochon, toujours accroché par les pattes, est entraîné par un mécanisme invisible vers ses dernières destinées qui sont le saloir et la boîte à conserves.

Les opérations sanguinaires sont alors terminées et l'animal va prendre un repos de vingt-quatre heures dans la chambre à réfrigération où une température de plusieurs degrés au-dessous de zéro est constamment maintenue.

Pour donner une idée de la rapidité avec laquelle ces opérations sont conduites, il faut dire que pendant le court intervalle d'une minute, soixante bêtes ont effectué le trajet du *yard* à la chambre de réfrigération. Une seconde suffit pour tuer l'animal et une minute suffit pour effectuer sa transformation ; n'est-ce pas merveilleux !

J'ai dit que les intestins de l'animal étaient mis à part. Cet incident nous conduit inévitablement dans la section des saucisses qui a une importance considérable dans les manufactures des *stock-yards*. Là, tout marche à la vapeur. les viandes sont hachées mécaniquement ; une autre machine les fait entrer dans l'intestin, tandis qu'une troisième sectionne chaque fragment qui doit constituer la saucisse. Tout est propre, appétissant et il est impossible de signaler aucune mauvaise odeur, quoique nous soyons au mois de juin.

Tous les genres de charcuterie sont fabriqués à Chicago ; la mortadelle de Bologne, la sau-

cisse de Francfort, le *wiener-wurst*, le boudin, la
saucisse anglaise, etc. On en fait des kilomètres
chaque jour. Ces produits, dont une bien faible
partie est consommée sur place, sont ensuite
fumés ou emballés pour être expédiés à Bologne,
à Francfort, à Vienne ou à Londres. Une seule
maison (Armour et Cie) fabrique plus de 100,000
livres de charcuterie par jour.

Le lard est également l'objet d'un traitement
particulier pour être transformé en saindoux
dont l'Europe consomme plusieurs millions de
kilogrammes chaque année. La maison Armour
raffine non seulement le lard des animaux qu'elle
abat, mais elle soumet à cette importante opération des centaines de mille wagons qui lui
arrivent de l'ouest. Là encore la main-d'œuvre
est réduite au minimum ; le saindoux raffiné est
pompé par des machines pour être, toujours
mécaniquement, pesé, mesuré et enfermé dans
des boîtes de fer-blanc.

Je ne ferai que signaler les immenses caves
dans lesquelles s'accumulent les porcs salés.
Elles couvrent une capacité de plusieurs hectares et sont toujours maintenues à une température au-dessous de zéro. On peut faire des kilomètres dans ces caves par un étroit passage,
entouré de viandes de tous côtés. On calcule
que ces immenses réservoirs peuvent contenir

vingt-cinq millions de livres de porc salé. Comme elles s'emplissent plusieurs fois dans l'année, on voit que le monde est bien affamé.

Le cochon n'est pas le seul animal sacrifié dans les *stock-yards*. Le mouton subit le même sort par les mêmes procédés. La quantité de moutons abattus est considérable. La laine est d'abord enlevée et traitée par des procédés particuliers qui permettent de la livrer rapidement et prête à être employée, à l'industrie du tissage.

Le bœuf mérite une mention spéciale, d'autant plus qu'il présente une importance exceptionnelle dans le commerce chicagoen, puisque le marché expédie chaque année près de quatre millions de têtes.

Voici l'histoire du bœuf, non moins tragique que celle du cochon.

L'animal, placé provisoirement dans un parc attenant à l'abattoir, est poussé par un étroit couloir dans un compartiment où il se trouve isolé et au-dessus duquel se trouve le sacrificateur armé d'une énorme massue. Un ou deux coups bien assénés et la bête est foudroyée. Une trappe qui bascule la jette dans le *dressing room* où elle est saisie et soulevée par une chaîne qui l'élève et la suspend au-dessus du sol, plaçant le cou de l'animal à la hauteur de l'ouvrier qui pratique la saignée. Le sang jaillit abondamment et s'écoule dans le sous-sol ; la tringle entraîne la bête près d'un second ouvrier qui, avec une dextérité incroyable détache la langue et la tête en quelques secondes. Les autres procédés : éventrage, dépiotage, dépeçage se font avec une extrême rapidité, l'animal étant automatiquement entraîné devant chaque opérateur avant d'arriver à la salle de réfrigération.

On tue et on prépare de la sorte jusqu'à cinq mille bœufs par jour dans la seule maison que j'ai visitée.

Les viandes ainsi préparées sont destinées soit à être consommées à l'état frais par les marchés des Etats-Unis et d'Europe, soit à être mises dans des boîtes de conserve.

La viande fraîche sortant de la chambre de réfrigération est immédiatement placée dans des wagons à glace spécialement fabriqués par MM. Armour et envoyée non seulement dans tou-tes les villes des Etats-Unis, mais encore dans les grandes villes européennes par l'intermé-diaire de navires réfrigérateurs. Depuis l'orga-nisation des grandes maisons d'abatage de Chi-cago on tue très peu d'animaux dans les autres villes de l'Union, les bouchers et les particuliers trouvant meilleur compte à faire venir la viande toute préparée et dressée.

Il faut dire que les procédés d'abatage et de dressage sont faits avec des perfectionnements très économiques. Tous les détritus sont utilisés : le sang fait des boudins ou de l'engrais ; le suif est transformé en margarine ou butérine ; les peaux et les laines sont traitées sur place ; les poils du cochon sont vendus ; les menues parties transformées en saucisse ; d'importants sous-produits (glue, colle, engrais, etc.), sont encore dérivés des abattoirs des *stock-yards*.

Les Américains, gens pratiques par-dessus tout, sont parvenus à tirer parti de tous les « sous-produits » de ces colossales usines à viande. « Point de déchets ; tout est utilisé, écrit avec orgueil un journaliste yankee ; rien n'est perdu aux stock-yards, sauf les cris et les grognements des victimes ! »

A quoi un confrère riposte : « Vous faites erreur, car le très intelligent boucher un tel a imaginé d'enregistrer phonographiquement la symphonie des cochons qu'on égorge et de s'en servir comme de réclame pour son établissement ! »

Et c'est vrai ; et le public se presse en foule autour du *butcher's shop* égayé par ces auditions musicales d'un nouveau genre.

Telle est, en quelques mots, la description

d'une des industries les plus importantes du monde. Chicago, admirablement située, au centre des immenses prairies du Wisconsin, du Michigan, de l'Ohio, de l'Indiana et du Minnesota, n'a pas voulu laisser aux soins de l'Europe la manutention des viandes, des laines, des graisses et autres produits qui proviennent de ce riche voisinage. D'abord établi à Saint-Louis et sur les bords du Mississipi, le commerce des viandes s'est peu à peu transporté à Chicago où il s'est centralisé aux stock-yards dont l'activité et l'immensité feront pendant longtemps encore l'étonnement des touristes de toutes les nations.

Quelques Boutiques : une Pharmacie.

Il doit y avoir une pharmacie par ici. Le pharmacien
fleuriste, limonadier, cigarier, marchand de timbres-
poste, papetier, confiseur. Importance du commerce
de la droguerie en Amérique.

Ce qui est intéressant avant tout dans l'Amérique du Nord, c'est la rue, le mouvement, les
affaires ; tout y est si différent de ce qu'on voit
dans les pays européens.

Les boutiques, les restaurants, les coiffeurs,
les *bars*, les libraires, tout attire l'attention du
Français habitué à une certaine allure, à un genre
de vie plus méthodique et plus tranquille.

Puisque je parle de boutiques, il faut dire
quelques mots d'un des commerces qui offrent
le plus parfait contraste avec nos habitudes. Je
veux parler du *Drug-Store* ; autrement dit de
pharmacie.

En France, le commerce de la pharmacie est
considéré comme une sorte de *sacerdoce*; l'honorable préposé à la vente des drogues, muni
de diplômes supérieurs, ne fait pour ainsi dire
pas un acte commercial ; il pontifie, il officie

dans un établissement plus heureusement désigné sous le nom d'officine.

Cela ne se passe pas ainsi dans la libre Amérique. La pharmacie, mieux nommée *Drug-Store*
(magasin à drogues), est un bazar universel,
un entrepôt de marchandises de toutes sortes.

Le pharmacien est à la fois chimiste, fleuriste,
marchand de cigares, de papier à lettres. Dans
quelques villes de l'ouest il tient la poste et j'en
ai vu un qui était en même temps coiffeur.

Voici comment un spirituel européen, M. de
Guerville, exprime son étonnement devant les
Drug-Stores américains :

« Lorsque je débarquai à New-York, vers huit
heures du matin, la première personne que j'a-
perçus fut mon ami William P..., dont j'avais fait
la connaissance à Paris; où il vient tous les ans,
dépenser, en quatre mois, les monceaux d'argent
qu'il gagne à New-York pendant les huit autres
mois.

En France, il ne vit que pour le plaisir ; en
Amérique, que pour le « business ».

William avait promis de me servir de guide
à New-York, et je n'ai pas eu à regretter de
m'être confié à lui. Le dimanche matin, nous
déjeunâmes, vers midi, au fameux restaurant
Delmonico, le Bignon américain.

Après un excellent repas, nous décidâmes d'aller à Central Park. — Nous nous dirigeâmes donc vers la station du chemin de fer qui devait nous conduire au Park. William avait à la boutonnière de sa jaquette une rose superbe, dont les vives couleurs et le parfum m'avaient depuis le matin taquiné la vue et l'odorat.

— Quelle jolie rose vous avez là, William, dis-je enfin, tout en marchant !

— Magnifique, n'est-ce pas ?

Puis après un rapide coup d'œil à ma boutonnière :

— Ah ! pardonnez-moi, j'aurais dû songer à vous en offrir. Mais mieux vaut tard que jamais

Il s'arrêta, et regardant autour de lui :

— Voyons, dit-il, IL DOIT Y AVOIR PAR ICI UN PHARMACIEN ?

— Un pharmacien, m'écriai-je, pourquoi faire ? êtes-vous indisposé ?

— Mais non, mon ami... pour acheter des fleurs ?

— Des fleurs ! chez un pharmacien ?

— Mais oui, vous allez voir.

A quelques pas, il y avait un pharmacien. Aux États-Unis, il y en a un à presque chaque coin de rue, et chez celui-là comme chez tous les autres, on vendait des fleurs d'une fraîcheur exquise.

Nous passâmes une couple d'heures au Central Park, qui est immense — peut-être le plus grand du monde — pas encore assez cependant au gré des milliers d'amoureux qui y « flirt » et y « spoon » avec une liberté bien étonnante.

En juillet, il fait très chaud à New-York ; aussi, à peine de retour dans la ville, William me déclara qu'il avait la gorge horriblement sèche.

— Et vous, me demanda-t-il, n'avez-vous pas soif ?

— Ma foi si, je prendrais quelque chose avec plaisir.

— Voyons, fit William, avec le plus grand calme, IL DOIT Y AVOIR PAR ICI UN PHARMACIEN ?

— Hein ! quoi, pour boire ?

— Mais oui.

— Ah çà ! que diable buvez-vous donc ? vous, de l'Hunyadi-Janos ?

— Non, non, répondit-il en riant, je vais vous faire goûter quelque chose d'excellent.

Le pharmacien n'était pas loin. Chez celui-là, comme chez tous les autres, il y avait un immense comptoir de marbre où l'on servait ces centaines de boissons américaines à base de soda. Le soda est une espèce d'eau de Seltz très forte et très salée. Les Américains mélangent cela avec des sirops, des œufs, des crèmes, des liqueurs, etc.

Les femmes surtout en raffolent et ne manquent jamais une occasion de s'offrir ou de se faire offrir un verre de soda quelconque. — Cette boisson coûte cinq sous le verre.

William commanda deux verres de « Ice cream soda ». Je suis incapable de décrire cette boisson, mais je vous en donne la recette :

On prend un verre énorme, d'une épaisseur fabuleuse ! On le remplit à moitié avec de la glace à la vanille, et l'on achève de remplir le verre avec du soda : on remue ferme et on boit — on mange en même temps ! Le gaz du soda vous pique les narines, le liquide vous pique la langue, pendant que la glace, qui arrive en gros morceaux, vous coupe la respiration et manque de vous étrangler ! Ici, on appelle ces sensations diverses — délicieuses — moi, je les ai trouvées horribles !

Après dîner, nous remontâmes Broadway, la rue la plus importante de la ville.

— Voulez-vous fumer ? me demanda William, nous avons à New-York les meilleurs cigares du monde.

— En vérité, j'en essaierai un avec plaisir.

— Voyons, dit-il en s'arrêtant, IL DOIT Y AVOIR PAR ICI UN PHARMACIEN ?

— Encore pour des cigares !

Et, en effet, nous trouvâmes chez le prochain pharmacien d'excellents londrès.

Nous nous dirigeâmes bientôt du côté de mon hôtel. En route, je me souvins que j'avais dans ma poche un certain nombre de lettres écrites sur le bateau, pendant la traversée.

— Où est la poste, demandai-je à mon ami ?

— Inutile d'aller à la poste, dit-il, nous avons à chaque coin de rue une boîte aux lettres. La levée est faite toutes les heures dans ce quartier.

— Parfait, dis-je, mais je n'ai pas de timbres américains.

Oh ! rien de plus facile, reprit William. Il doit y avoir par ici un pharmacien. Tous les pharmaciens vendent des timbres comme ils vendent les fleurs, les tabacs, les cigares, les vins, les cognacs, les champagnes, les cannes, les porte-monnaie, les portefeuilles, les bonbons, les billets de concert, les rasoirs, les couteaux, les allumettes, le papier à lettres, la parfumerie ! Que vous dirai-je ? ils vendraient de l'eau bénite, si l'Eglise ne s'y opposait !

Comme on m'avait assuré que les bottines étaient très chères en Amérique, j'en avais apporté une dizaine de paires, et, afin de ne pas payer de droits d'entrée je les avais toutes mises sur le bateau. Le soir de mon arrivée, je

10.

rangeai les dix paires de bottines à ma porte,
pensant que le garçon les cirerait. Mais, aux
États-Unis, les garçons ne s'abaissent jamais
jusqu'à cirer les bottes, aussi retrouvai-je toutes
les miennes crottées le lendemain, dans le même
ordre où je les avais rangées.

Vers onze heures, mon ami vint me chercher
et nous sortîmes ensemble. Nous n'avions pas
fait cent pas, que je m'arrêtai et que je lui de-
mandai :

— Dites donc, William, y a-t-il un pharmacien
par ici ?

— Pourquoi faire ?

— Je voudrais faire cirer mes bottes.

— Non, répliqua-t-il, en éclatant de rire, c'est
la seule chose que vous ne puissiez pas obtenir
chez un pharmacien américain... et encore !...

Vous le voyez, si vous voulez faire fortune aux
États-Unis, établissez-y une pharmacie. »

Je pourrais compléter l'humoristique boutade
de M. de Guerville en parlant de ma visite à
Boston.

J'ai été *ciceroné* dans cette jolie ville par une
charmante Américaine, Miss Alice W... Nous
avions parcouru la ville dans tous les sens ;
vers 4 heures, ma jolie directrice se sent fati-
guée. Je propose une tasse de thé et quelques

gâteaux et me mets à la recherche d'un restaurant.

Ce n'est pas la peine, me dit-elle, IL DOIT Y AVOIR UN PHARMACIEN PAR ICI. En effet, au coin de Tremont S., une immense boutique nous attire ; nous y trouvons d'excellents bonbons et gâteaux. Le pharmacien était aussi pâtissier et confiseur.

Un peu plus tard, dans la même ville, je veux écrire une lettre avant de prendre le train de New-York. Il faut pour cela rentrer à l'Hôtel ou pénétrer dans un café. Ce n'est pas la peine, me dit mon aimable guide, IL DOIT Y AVOIR UN PHARMACIEN PAR ICI. Cela n'a pas manqué ; je trouve à deux pas un *Drug Store* dont le titulaire me vend du papier à lettre et ce qu'il faut pour écrire.

La pharmacie est donc la providence des voyageurs dans les villes et les campagnes des Etats-Unis. On y trouve tout, même une petite consultation médicale en cas de besoin.

Je ne voudrais pas que ces quelques lignes fussent mal interprétées par la corporation pharmaceutique des Etats-Unis dans laquelle je compte de nombreux amis.

Dans le commerce des drogues, comme dans toutes les autres branches de l'activité humaine, l'Américain a déployé une persévérance et une intelligence remarquables. Non contents d'inonder les Antilles et l'Amérique du Sud de leurs drogues et de leurs *spécialités*, les Yankees commencent à occuper, dans cette branche, une place importante en Europe. Pour ne citer qu'un exemple, je parlerai de la maison Welcome et Burroughs qui est bien connue à Londres ; les produits de la maison Battle, de Saint-Louis ; Fellows et de tant d'autres *firms* sont largement consommés en France. Je termine par quelques statistiques qui intéressent cette honorable profession.

On estime qu'il n'y a pas moins de 300.000 personnes aux Etats-Unis se livrant au commerce des drogues.

A New-York, il y a plus de 1.500 débitants de drogues au détail, représentant un capital de 10 millions de dollars.

Pour l'ensemble des Etats-Unis on compte plus de 2.000 établissements avec un capital d'environ 100 millions de dollars engagé dans la fabrication des drogues et des produits chimiques.

Il se vend environ chaque année près d'un million de sondes molles, dont 300.000 en caoutchouc et 100.000 bougies.

Une telle profusion de drogues ne pouvant

être consommée en Amérique est nécessairement importée partiellement en Europe. Sur ce terrain encore, l'Américain ne tardera pas à battre les vieux pays.

Quelques excursions : Le Niagara.

Voyage de New-York au Niagara. Suspension Bridge.
Les Rapides de Whirlpool. Pari et mort du capitaine Webb. Chute américaine. Le Horse shoe ou
chute canadienne. Cinq millions de mètres cubes
d'eau par minute. Excursion au pied de la cataracte.
La cave des vents. Beauté des environs. Parcs
américains et canadiens.

Il est bien difficile de parler du Niagara après
tout ce qui a été dit et écrit sur le sujet. Personne n'est allé en Amérique sans voir les célèbres chutes et les descriptions qui en ont été
faites, depuis le père Hennequin jusqu'à Cha-
teaubriand, ont atteint le paroxysme du lyrisme et
de l'enthousiasme. J'aurai peur d'être plat à côté
de ces débordements de style ; je me contenterai
donc de décrire le Niagara tel que je l'ai vu en
1894, c'est-à-dire depuis la création des nouveaux
parcs, et depuis l'établissement du chemin de
fer électrique qui, longeant la rive cánadienne,
sur une étendue de plus de 20 kilomètres, permet d'envisager l'ensemble de ces beautés naturelles sous un jour encore plus intéressant. En
un mot, je vais essayer d'être un Guide utile
pour le voyageur français qui sera tenté de visiter

cette merveille qui vaut, à elle seule, le voyage en Amérique.

Le touriste se rendra le plus souvent aux chutes en allant ou en revenant de l'Ouest. Elles se trouvent en effet sur la route de Chicago et de San-Francisco qu'on prenne le *Canadian pacific railway*, l'*Union Pacific* ou tout autre chemin de fer. Si l'on vient de New-York, on arrive par *Buffalo* et *Niagara Fall*, sur le territoire américain ; si on vient de l'Ouest il est préférable de prendre le *Grand trunk railway* qui débarque le voyageur sur le territoire canadien d'où on a une meilleure vue d'ensemble. Quelle que soit la route prise je conseille au touriste de passer d'abord sur la rive canadienne, ce qui est facile en traversant à pied ou en chemin de fer le pont suspendu situé près des rapides à environ 3 kilomètres des chutes.

Pour bien comprendre le mécanisme des chutes et surtout pour bien se rendre compte de l'immense quantité d'eau entraînée par le torrent, il faut savoir que le Niagara est une sorte de canal ayant 40 kilomètres de longueur et mettant en communication deux lacs immenses. Le Niagara n'est donc pas la chute d'une rivière, mais le déversoir des lacs Erié, Michigan, Huron et Supérieur, c'est-à-dire de la plus énorme quantité d'eau accumulée sur le globe dans le lac Ontario qui lui-même se jette dans le fleuve Saint-Laurent.

Le voyageur qui arrive à *Suspension Bridge* sur la rive canadienne descend le fleuve pendant quelques minutes, puis il arrive aux *Rapides* par lesquels il doit commencer sa visite. Un petit chemin de fer funiculaire, le mène au niveau de la rivière, encaissée entre des rochers de 60 mètres de hauteur, et dont les eaux, entraînées par un tourbillon terrible, se précipitent dans un étroit espace ayant à peine 100 mètres de largeur. Ce spectacle imposant est considéré par beaucoup de touristes comme plus terrible que les cataractes.

C'est dans les *Rapides de Whirlpool*, que le célèbre nageur Webb perdit la vie en 1883. Il avait fait le pari de descendre à la nage cette terrible masse d'eau et les compagnies de chemins de fer dans le but absolument coupable d'augmenter leurs recettes avaient encouragé cette tentative qui amena plus de cent mille visiteurs sur les rives du torrent. C'est également au-dessus des Rapides que l'équilibriste Blondin traversa le Niagara sur la corde raide emportant plusieurs personnes sur le dos.

Mais les rapides ne sont que le premier acte de la scène grandiose qui se déroule sous les yeux du spectateur. Après avoir repris le funi-

culaire, le touriste remonte à pied le torrent
dont les bords escarpés sont indiqués par une
rampe de fer. On peut également faire ce trajet
sur le railway électrique qui suit, avec une har-
diesse incroyable, toutes les sinuosités de la
rivière. Le tonnerre des eaux, qu'on entend
déjà gronder depuis longtemps devient plus
assourdissant à mesure qu'on s'approche des
chutes qui se découvrent bientôt au voyageur
émerveillé.

On aperçoit d'abord à gauche la *chute américaine* divisée en deux parties inégales par un
petit îlot. C'est une magnifique nappe d'eau ayant
environ 400 mètres de largeur et se précipitant
d'une hauteur de 56 mètres sur d'énormes blocs
de rochers, où elle rebondit en formant un
immense nuage de vapeur qui s'élève dans les
airs et retombe constamment en pluie.

Quelques minutes plus loin le spectacle devient
encore plus imposant. On aperçoit la chute
désignée sous le nom de *Horse-Shoe*. La masse
d'eau qui tombe du côté canadien s'arrondit au
centre en forme de fer à cheval. Elle a un pour-
tour de plus d'un kilomètre et tombe en formant
à son centre le plus terrible précipice que l'œil
puisse contempler ; les bouillonnements d'eau
formés par la chute se transforment constam-

11

ment en véritables nuages qui planent perpétuellement au-dessus du gouffre.

Sur la rive canadienne, le touriste n'a qu'une vue d'ensemble sur les chutes, mais quel merveilleux spectacle surtout s'il est contemplé le matin au moment où le soleil levant parsème de multiples arcs-en-ciel, l'écume des eaux !

En somme, le Niagara se précipite par deux masses distinctes séparées par l'*Ile-des-Chèvres*. La chute américaine est moins large, mais plus haute (56 mètres) ; la chute située du côté canadien est beaucoup plus large, mais un peu moins haute (52 mètres). La masse totale d'eau qui s'écoule avec le plus étourdissant vacarme qui se puisse imaginer est de 5 millions de mètres cubes par minute.

Après avoir contemplé à distance les chutes du Niagara, le touriste doit repasser la rivière et regagner, sur un gracieux pont suspendu, la rive américaine, d'où l'on peut voir de près et presque « toucher » le gouffre. Les Américains, aussi hardis qu'ingénieux, ont imaginé pour cela les moyens les plus téméraires. Un petit bateau à vapeur spécialement construit à cet effet, remonte le Niagara jusqu'au pied même du *Horse-Shoe* ; un passage jeté sur les rochers permet non seulement d'approcher au pied de la cataracte américaine, mais encore de la contourner et de passer

entre l'énorme masse d'eau et le rocher. Ce sont
des excursions qui, quoique terribles, doivent
être recommandées au touriste avide d'émotions.
J'ai voulu les faire et je vais tâcher de rendre
compte de mes impressions.

Aussitôt après avoir passé le pont suspendu
situé immédiatement au-dessous des chutes, on
arrive dans le joli parc créé par le gouvernement
de l'Etat de New-York à très grands frais là où
se trouvaient autrefois d'ignobles baraques de
marchands et de gargotiers. On prend à droite
d'où on a une fort belle vue sur la chute américaine qu'on domine et dont on se trouve seulement séparé par quelques mètres. L'eau arrive
rapide et sur une grande étendue, elle s'amincit
graduellement sur la pierre terminale, puis, le
terrain lui manquant tout à coup, elle se précipite. D'où l'observateur est placé, il est impossible de voir la partie inférieure de la chute, mais
c'est un spectacle dont nous jouirons grande-
ment dans quelques instants.

Prenant un funiculaire à droite, dans le parc
américain, je descends jusqu'à un petit wharf où
siffle un gracieux vapeur « the Maid of the Mist »
(La fille des nuages). Il est encore de bonne
heure dans la saison, et il fait un froid très vif
qui a éloigné les touristes et je suis seul pour

mon excursion. Le capitaine du bateau accepte
son unique voyageur, on me couvre d'un costume de toile cirée, y compris le chapeau que les
matelots désignent sous le nom de *suroi* ; je me
hisse sur la passerelle, et en route !

Nous remontons le courant rapide et nous
longeons à gauche le pied de la chute américaine.
J'ai froid et je ne me sens qu'à moitié rassuré en
entendant les chocs qu'occasionne sur le fond
du bateau la lame furieuse du torrent. L'écume
m'entoure à moitié et ce n'est qu'à travers un
nuage que je devine la masse épouvantable et
les énormes rochers sur lesquels elle se précipite. Le petit bateau continue sa marche intré-
pide ; nous éprouvons un peu de calme devant
l'Ile-des-Chèvres, mais nous approchons du gouffre formé par la chute colossale du *Horse-Shoe*.
Le spectacle est vraiment terrifiant ; à chaque
coup d'hélice donné par le bateau, la lame furieuse repousse le frêle esquif qui semble une
mouche perdue au milieu de l'océan. Je ne puis
me défendre d'une sensation de crainte ; je suis
glacé, couvert d'eau et j'éprouve un véritable
soulagement lorsque j'entends au milieu de ce
vacarme assourdissant, le coup de cloche qui
ordonne au mécanicien de faire machine en arrière ; je suis vraiment content de sortir de cet
enfer des eaux où je grelotte de froid. Nous arri-

vons au bout de quelques minutes sur la rive
canadienne et je regagne la hauteur en courant
pour réchauffer mes membres glacés.

Je pense que les mêmes impressions ne sont
pas éprouvées par les milliers de touristes qui
affrontent le bord du précipice. Je crois qu'elles
étaient dues au froid qui était très vif et à l'isolement sur lequel je me trouvais sur le petit bateau. Ce qui est certain, c'est que l'excursion ne
dure que quelques instants, qu'elle ne présente
aucun danger et qu'on ne doit jamais visiter le
Niagara, sans la faire.

Du reste, les impressions ressenties sur le bateau ne sont rien auprès de celles qu'on éprouve
en visitant la Cave-des-Vents (*The Cave of Winds*)
dont je parlerai dans quelques instants.

Du *Parc américain* on gagne, par un pont suspendu très élégant, l'Ile-des-Chèvres qui sépare
les deux chutes.

Cette île, d'une superficie d'environ cinq hectares, a été aménagée en un joli parc dont la
végétation est très riche. J'en parcours les allées
solitaires en entendant toujours le « tonnerre
des eaux », je gagne à droite la petite île de la
Lune qui se trouve au milieu de la chute américaine et d'où on découvre un bel arc-en-ciel qui
donne de la grâce à cet imposant spectacle, puis,

revenant dans l'Ile-des-Chèvres, je trouve une petite cabane en bois où se tiennent les guides qui sont chargés de conduire le visiteur dans la terrible *Cave-des-Vents*. J'hésite un peu, d'abord parce qu'il faut encore revêtir le costume imperméable sous lequel je me suis déjà senti glacé, puis parce que je suis seul ; cependant, je vois arriver deux autres visiteurs résolus, et je me décide.

Après être plus imperméable qu'un plongeur, je descends les nombreux escaliers qui conduisent au pied du torrent. Le bouillonnement et l'écume de l'eau m'aveuglent aussitôt que je franchis la légère passerelle qui mène aux rochers qui sont au pied du précipice. Cependant, je n'ai plus la sensation de peur et je commence à m'habituer au gouffre et au bruit infernal qui s'en dégage.

Nous escaladons rapidement les passerelles en bois qui conduisent d'un rocher à l'autre et nous arrivons au pied de la chute. Nous pénétrons alors dans le gouffre même en nous tenant par la main. Rien ne peut décrire l'impression ressentie : nous passons alors entre la masse énorme de la cataracte et le rocher sur lequel elle s'appuie par un étroit couloir. Devant nous, touchant nos fronts, le rocher perpendiculaire et glacial, derrière touchant notre dos, les mil-

lions de mètres cubes d'eau qui forment la chute
centrale et dont la seule vue, à cent mètres de
distance, est déjà terrifiante. Je laisse à ceux
qui ont passé par là le soin de décrire leurs
impressions ; quant à moi, je renonce à exprimer
la terreur, l'anéantissement, le vertige, occa-
sionnés par cette grandiose manifestation des
forces de la nature. Je dois dire cependant que
la peur a été étrangère à mes sensations, proba-
blement parce que j'avais déjà approché le gouffre
et ensuite parce que je me sentais entouré d'êtres
humains. Je puis donc recommander la visite
de la Cave-des-Vents à tous ceux qui ont un bon
système nerveux et qui recherchent les impressions un peu vives.

Le voyageur assez heureux pour visiter le
Niagara ne doit pas se contenter d'approcher
des chutes ; il faut qu'il se promène tranquille-
ment dans la belle campagne qui entoure ces
merveilles naturelles.

Les parcs créés, de chaque côté de la rivière,
par les gouvernements américains et canadiens
et qui sont, grâce à l'amour-propre de chaque
nation, entretenus avec un soin jaloux, offrent
de magnifiques promenades. Du côté canadien
surtout, le parc s'étend sur plus de huit kilomètres et le promeneur a toujours comme fond,

le merveilleux tableau des chutes qui prennent
à distance des aspects variés. Il faut donc faire
à pied, en voiture, ou, plus simplement, sur le
railway électrique dont j'ai déjà parlé, le trajet
qui s'étend du spacieux village canadien de
Chippawa à la petite ville de *Queenstown* située
plus au nord, en descendant le Niagara, et près
du point où la rivière rejoint le lac Ontario. Le
touriste qui continue sa route sur le Canada
peut même, par cette voie, rejoindre par bateau
à vapeur Toronto et Montreal. Rien n'est plus
pittoresque que cette route. On passe d'abord
sur des ponts légers, les îles Dufferin d'où la vue
s'étend sur les rapides en amont de la chute sur
un point où la rivière a plus de 2 kilomètres de
largeur ; puis, laissant à droite les grandes cataractes, on passe de nouveau devant les grands
rapides de Whirlpool. A partir de ce point, le
Niagara décrit de nombreux zigzags, tout en roulant ses eaux impétueuses et encaissées. La vue
se déroule alors sur la partie basse du torrent
et l'œil émerveillé suit les gracieux méandres de
la rivière jusqu'au point où ses eaux se mêlent
à celles de l'Ontario. Au loin, de l'autre côté du
lac, on peut découvrir par un temps clair la ville
de Toronto.

Ce voyage sur la rive canadienne ne demande
pas plus de deux heures. Le touriste pressé peut

donc visiter le Niagara et ses environs en vingt-quatre heures ; mais je ne saurais trop recommander d'y séjourner plus longtemps lorsque cela est possible. J'ajouterai en terminant que, grâce aux efforts combinés des gouvernements canadiens et américains, le touriste n'est pas exploité au Niagara où l'on peut vivre dans de très bons hôtels à meilleur compte que dans n'importe quelle ville des Etats-Unis.

Aperçus philosophiques: Les Religions.

Pas de religions officielles. Majorité protestante. Développement et vitalité du catholicisme. Menaces in-
quiétantes. Les Juifs modernes. Leur nombre considérable. Leurs institutions, leurs hôpitaux, leurs
clubs. Les Américains purs sont protestants ou
libre-penseurs.

On sait qu'il n'y a pas de religion officielle aux
Etats-Unis. Tous les cultes y sont libres et aucun
d'eux n'est rétribué par l'Etat.

La majorité des habitants appartient cependant à la religion protestante ou à des sectes s'y
rattachant.

Je ne parlerai donc pas, du protestantisme
dont les pratiques ne diffèrent pas de celles
qu'on observe en Angleterre ; mais il m'a paru
intéressant de faire connaître la situation des
deux cultes qui le battent sérieusement en brèche ; je veux parler du catholicisme et de l'hé-
braïsme.

Il est un fait reconnu, c'est qu'aux Etats-Unis,
comme en Angleterre, comme dans tous les pays
protestants, le catholicisme a une énorme vita-

lité et fait plus de prosélytes que les religions libérales. En ce qui concerne New-York, il est certain que les catholiques romains tiennent la corde, ce qui tient d'abord à l'énorme quantité d'habitants d'origine irlandaise (400.000) et italienne (30.000) et surtout à l'admirable discipline adoptée par les sectaires religieux dans tous les pays où ils sont en minorité. On peut estimer à près de 500.000 le nombre de catholiques romains qui habitent les bords de la baie d'Hudson et ce culte compte dans la seule ville de New-York plus de 80 temples dont le principal, la cathédrale de Saint-Patrik, est considéré comme un des plus beaux monuments de la ville. La même proportion existe dans la plupart des cités de la côte est, notamment, à la Nouvelle-Orléans, à Philadelphie et à Baltimore. Cette dernière ville qui est la résidence d'un Cardinal, est considérée comme la capitale du monde catholique américain

Si le catholicisme compte de nombreux adhérents il n'est pas adopté par les personnages élevés. Le monde officiel et politique, celui du grand commerce et de la finance, pratique plutôt les religions protestante et hébraïque.

Il existe également dans le haut commerce, principalement dans les cités maritimes, un assez grand nombre de catholiques grecs origi-

naires pour la plupart de la Russie méridionale,
de la Syrie et de la péninsule hellénique.

Cette extension de l'influence romaine n'est
pas sans inquiéter les Yankees. Les catholiques, fidèles à leurs méthodes d'infiltration,
commencent à s'ingérer dans les élections et
envoient des partisans secrets ou avoués dans
les assemblées législatives et surtout municipales. Un de mes amis de New-York m'expliquait
qu'ils avaient mis la main depuis quelques années sur la plupart des écoles communales et
cela lentement, doucement, sans que personne
s'en soit aperçu. Ce n'est qu'aujourd'hui, qu'ils
détiennent cette énorme force, qu'on s'aperçoit
de leur présence et de leur influence. Je crois
qu'il sera difficile de leur arracher cette puissance, non seulement parce que les lois liberti-
cides ne poussent pas facilement sur le sol américain, mais aussi parce que les partisans de
l'Eglise Romaine ont pour eux la discipline, la
patience, la souplesse et même le nombre.

Il y a à New-York autant de catholiques que
de juifs (un quart ou un cinquième de la population totale), mais ils sont unis et groupés autour d'un seul chef et d'un seul dogme, tandis
que les protestants, qui forment la majorité des
habitants, sont divisés en une infinité de sectes et de chapelles.

Ce que je viens dire pour les catholiques s'applique surtout aux villes de l'est et du sud de l'Union.

Dans l'ouest, au contraire, les sectes protestantes dominent, ce qui tient à l'importation allemande, mais Chicago, San-Francisco, Saint-Louis, Cincinnati et New-York comptent un nombre considérable de juifs.

Il suffit de jeter un coup d'œil sur les enseignes de Broadway où l'on trouve inscrits sur toutes les portes les noms des Stein, des Weil, des Lion, des Hart, des Berr, des Hirsch, des Cohen, des Bloch, etc., pour voir que les Israélites tiennent à peu près tout le commerce du détail dans la ville de New-York. La même remarque peut être faite à Chicago et dans toutes les principales villes de l'Union.

C'est surtout à Chicago et à New-York que les juifs forment un élément important de la population. Dans cette dernière ville on en compte trois cent mille, presqu'autant que dans toute la France.

Mais ce grand pays de liberté devait également influencer la vieille race hébraïque. Presque tous les Juifs américains appartiennent à ce qu'on est convenu d'appeler le *parti de la réforme*. Les réformateurs ont modernisé le culte dans

la synagogue, supprimé la plupart des symbo-
les antiques et aboli toutes les coutumes qui les
gênaient dans leurs relations sociales avec les
fidèles de religions modernes.

Malgré toutes ces tentatives de modernisation
et de fusion, les juifs n'en restent pas moins
isolés dans les villes du Nouveau-Monde. Ils
ne sont pas admis dans les cercles fréquentés
par la haute société et ont été obligés de se
créer des milieux de distraction, des centres
de réunion et des moyens d'assistance, exclusivement réservés à la population hébraïque.

Il y a à New-York seulement cinq *Clubs* israélites très importants. Le plus aristocratique et
le plus ancien est l'*Harmonic Club* dont l'ad-
mission est très difficile ; puis *Le Progrès*, fondé
en 1864, le *Fidelio*, le *Metropolitain* et enfin le
Freundschaft qui est surtout fréquenté par des
Allemands.   :

Les hôpitaux et institutions de charité sont
également très importants. En dehors du fameux hôpital du Mont-Sinaï, les juifs possèdent
de nombreux orphelinats et asiles, et le voyageur remarquera dans la deuxième avenue un
immense local dans lequel sont centralisées
leurs œuvres de bienfaisance (United Hebrew
charities building).

Tous ces clubs, toutes ces œuvres montrent

que la communion juive est peut-être encore plus isolée, au point de vue des relations sociales, du reste de la population. Non seulement les Israélites ne sont pas admis dans les cercles sérieux ; mais, dans les centres de villégiature aristocratiques, tel Newport, ils ne sont pas reçus dans les Hôtels de première classe.

Les mariages entre les juifs et les membres des autres communions sont cependant plus fréquents en Amérique qu'en Europe, ce qui tient sans doute au grand nombre d'israélites qui existent dans le Nouveau-Monde.

Ce nombre est en effet considérable, surtout à New-York, puisqu'il comprend le sixième de la population, c'est-à-dire qu'il y a un juif sur six habitants.

Qu'on n'aille pas croire que les descendants des Hébreux exercent d'humbles professions tels que domestiques, ouvriers ou balayeurs de rues ; ces vils métiers sont abandonnés aux Irlandais, Danois, Polonais ou Italiens. Les juifs de New-York sont prospères et occupent une situation proéminente dans la société : ils sont banquiers, marchands, éditeurs, journalistes, politiciens, acteurs, directeurs de théâtres, etc. Comme dans tous les autres pays du monde, ils détiennent les relations internationales, ce qui s'explique par leurs aptitudes commerciales ; leur connaissance des langues, leur origine universelle. Toute famille juive est en petit ce qu'est la famille Rothschild en grand ; c'est-à-dire qu'elle entretient des relations familiales dans le monde entier ; il y a toujours un cousin à Berlin, à Francfort, à Londres, à Paris, à New-York et à Chicago ; souvent même à Saint-Pétersbourg, à Madrid et à Rome.

Quoi qu'il en soit, les israélites occupent dans le Nouveau-Monde, comme dans l'ancien, une situation prépondérante dans toutes les branches du commerce, de la bourse, de la littérature et des arts.

A New-York surtout ils sont fiers de cette situation et ils font remarquer avec orgueil, que, constituant le quinzième de la population, ils contribuent à peine dans la proportion de un pour cent à la criminalité.

Quant à l'Américain pur, celui qui fréquente les clubs où on n'est admis que lorsqu'on peut établir sa généalogie depuis 1775, il professe la religion protestante telle qu'elle a été importée par ses ancêtres hollandais et anglo-saxons qui ont fondé les villes de l'Est. Il est rare cependant qu'il apporte dans l'exercice de son culte le zèle et la régularité qu'on trouve chez les catholiques.

Je vais peut-être émettre une opinion hasar-

dée, mais je crois que le véritable Américain, celui qui a des origines et qui méprise plus ou
moins les classes récemment importées dans
l'Union, est assez philosophe en matière de religion. C'est du moins ce que la fréquentation d'un
grand nombre de Yankees m'a permis d'obser-
ver. Les discussions et controverses religieuses
ont moins d'importance chez les protestants
américains que chez les Anglais. Il y a du reste
un grand nombre d'individus qui pratiquent ou-
vertement la *libre pensée* et ne soumettent pas
leurs enfants aux pratiques du baptême et autres initiations.

Cependant les cultes sont respectés aux Etats-
Unis. Je n'irai pas jusqu'à dire que les Américains considèrent la religion comme augmentant
simplement le *confortable* et la tranquillité de la
vie ; mais on voit rarement des citoyens de ce
pays consacrer toute leur vie aux pratiques d'un
culte et laisser leur fortune à des couvents ou à
des œuvres purement religieuses.

Quelques Excentriques : Les Shakers.

Le travail et l'hygiène sont la base de cette religion.
Fondation de la religion des Shakers par Anne
Lee. Le mysticisme et l'hygiène. Organisation de
l'Eglise. Communauté de Lebanon. La danse des
Shakers. Occupations des néophytes. Travail, hy-
giène, propreté.

« Les deux bases de la moralité sont le travail de la terre et l'hygiène », telle est la devise
actuelle des membres de la secte des Shakers
qui compte encore quelques partisans aux Etats-
Unis après avoir occupé une place assez importante dans la République américaine.

Au lieu des persécutions qui avaient accablé
les Mormons, les Shakers ont joui pendant un
certain temps de la protection officielle de l'Etat
de New-York. La législature avait conçu une
idée tellement avantageuse de cette secte qu'elle
avait passé une loi pour en dispenser les membres de tout service militaire et une autre pour
permettre le divorce des gens mariés qui dési-
raient embrasser le nouveau culte. On peut même
supposer que l'Etat avait un instant l'intention

de combattre le catholicisme en favorisant les shakers.

L'origine de cette secte ne diffère pas du reste de celle de toutes les religions acceptant une base surnaturelle. Qu'on en juge.

C'est une visionnaire, Anne Lee, qui après avoir manifesté en Angleterre des symptômes d'hystérisme religieux s'était vue tracassée par les membres de l'Eglise établie. Afin d'échapper à ces persécutions et ne trouvant pas dans la vieille Albion des adeptes en nombre suffisant elle s'embarqua pour l'Amérique en 1774 suivie d'une demi-douzaine de prosélytes.

Après avoir travaillé pour vivre, la petite troupe, sans pouvoir attirer l'attention par ses pratiques mystiques, se retira aux environs d'Albany où Anne Lee acquit bientôt une mystérieuse réputation de vertu qui ne fit qu'augmenter à la suite de quelques persécutions occasionnées par la guerre de l'Indépendance. Rendue enfin à la liberté elle se livra à quelques prédications heureuses qui augmentèrent le nombre de ses prosélytes.

Sa mort, survenue en 1784, ayant donné lieu à un miracle, la réputation de la nouvelle église fut établie. Un des prêtres, John Hocknell, avait vu l'âme d'Anne Lee emportée vers le ciel sur un chariot d'or traîné par quatre chevaux blancs !

John Meacham succéda à la visionnaire et fonda le premier temple en 1787 ; il s'adjoignit sœur Lucie Wright pour présider la ligue féminine. C'est alors que fut fondé l'établissement de *New Lebanon* qui fut le berceau des shakers et servit de modèle à tous les autres.

Les bases sur lesquelles a été établie la nouvelle religion constituent un curieux mélange dans lesquelles s'allient d'une façon assez originale le mysticisme, la révélation, l'hygiène et la morale.

Je commence d'abord par dire que, contrairement à ce qui a lieu pour les sectes d'Onéida et des Mormons, la chasteté la plus absolue est de rigueur pour les membres de la communauté, qu'ils soient célibataires ou mariés.

Les shakers croient que le Christ habitait le corps d'Anne Lee. C'est par elle qu'a été accomplie la rédemption complète de la femme du péché dans lequel la faute d'Eve l'avait fait choir.

Ils pratiquent la confession et rejettent le baptême.

Ils considèrent le serment comme un péché et se font une règle de parler simplement, sans

jamais employer aucune des formules habituel-
les de la politesse telles que monsieur, madame, etc.

Le gouvernement de l'Eglise est spirituel et
se compose de chefs visibles au nombre de quatre, deux de chaque sexe. Ces chefs administrent
l'Eglise, nomment les prêtres, etc.

Je n'entrerai pas plus loin dans l'organisation
de ce culte qui ne diffère pas sensiblement, ni
comme pratique, ni comme origine, de celui des
églises plus anciennement établies et j'arrive
au point qui a fait sa notoriété universelle.

Les shakers suivent à la lettre l'exemple de
David sautant autour de l'arche, s'appuient sur
la Bible pour soutenir que la danse est non seulement permise, mais prescrite en tant que manifestation du culte. Voici un petit extrait de leur
théorie, empruntée, paraît-il, à saint Marc :
« Dieu n'a rien fait en vain. La faculté de danser aussi bien que celle de chanter a été créée
pour la gloire du Très-Haut. Vous chantez bien
pour le service de Dieu, pourquoi ne danse-
riez-vous pas ! Puisqu'on danse de joie, pourquoi ne danserait-on pas d'enthousiasme religieux ? »

Et les shakers, mettant leurs théories en pratique, transforment le service religieux en une
danse mystique qui présente la plus grande

analogie avec les pratiques des Derviches mahométans.

Le voyageur qui désire assister à cet étrange
service divin devra se rendre en chemin de fer
à Pittsfield, petite ville située dans les jolies
collines du Berkshire où il pourra en même temps
visiter plusieurs des stations thermales les plus
intéressantes des Etats-Unis. On trouvera à
12 kilomètres l'établissement thermal de *Lebanon
Spring*, puis un peu plus loin le village shaker
de Lebanon.

Le service religieux a lieu le dimanche. Il
commence par une instruction du ministre et
par une prière que les fidèles écoutent le genou
droit fléchi en terre. Les hommes se dépouillent
ensuite de leurs redingotes et se rangent à la
file, deux par deux, suivis des femmes placées
dans le même ordre. Ces dispositions prises, les
danseurs se mettent en mouvement. C'est d'a-
bord une ronde accompagnée d'un chant simple,
mais plus gai et plus mouvementé que les psalmodies de nos églises. Le mouvement va *cres-
cendo*; les pieds frappent le parquet en cadence
tandis que les bras et les mains s'agitent en
suivant le même rhythme.

Il y a dans cette danse une sorte d'entraîne-
ment qui gagnerait volontiers toutes les per-

sonnes présentes. De même que les jeunes spectateurs qui assistent à une réunion chorégraphique mondaine éprouvent le besoin de danser, de même on se joindrait volontiers aux mouvements des shakers.

On peut avoir quelque envie de rire en assistant à cette curieuse manifestation d'un culte ; mais ceux qui s'y livrent ont un air de béatitude et de sincérité qui ne permet pas de ne pas accorder à ces croyants le respect qu'on donne volontiers aux mahométans, aux catholiques et à toutes les religions se manifestant par des actes extérieurs.

« Ne rions pas de ces exercices innocents d'un peuple honnête, a dit M. Jules Remy qui a visité les mormons et les shakers. La foi est respectable, quelque exagération qu'elle nous fasse apporter dans la prière. On respectera la danse des shakers en voyant empreintes sur leur physionomie la sincérité et la dévotion. Quelles que soient d'ailleurs les erreurs de ces croyants, leur cœur est pur comme leur vie : leurs chants et leurs sauts doivent être par conséquent agréables à Dieu. Lorsqu'ils se lèvent au milieu de la nuit, les chartreux ne mettent pas plus d'âme dans leurs psalmodies. »

J'ai commencé cette note en citant la principale devise de la religion des shakers. Il me reste à parler de leurs principales occupations.

Les membres de cette secte vivent en communauté et leur moralité sexuelle est, paraît-il, au-dessus de tout soupçon. Ils s'adonnent à l'agriculture, à l'horticulture, à la fabrication des objets domestiques qui leurs sont utiles et peuvent trouver des débouchés sur les marchés voisins. Ils abordent l'industrie mécanique et fabriquent leurs objets d'habillement. Ils se sont acquis une certaine réputation pour la culture des plantes médicinales et la préparation de certaines pommades et onguents. On voit que, à part la danse, ils se livrent aux mêmes occupations que les moines de la Trappe ou de la Chartreuse.

J'ajouterai que la première vertu de leur religion est la charité. Jamais un shaker ne refuse la charité, quelle que soit la communion de celui qui la sollicite.

Les règles de l'hygiène sont scrupuleusement établies et figurent à l'état de dogme dans les communautés qui existent encore aujourd'hui aux États-Unis ; tempérance et chasteté ; simplicité et confort de la vie matérielle ; nourriture simple et scientifiquement choisie ; drainage et ventilation des appartements ; propreté et travail; tels sont les principes économiques qui font la règle des shakers. Voilà, certes, une bonne religion et nous regrettons qu'elle n'ait pas plus d'adeptes en Europe.

Quelques Excentriques : Les Mormons.

Le grand Lac-Salé. Histoire des Mormons. Joseph
Smith. Les persécutions. Brigham Young. Les Mormons sont protégés. Luttes nouvelles. Les femmes
mormonnes et la polygamie. Fin du mormonisme.
Ce que sont devenues les femmes d'Utah.

Le Congrès de Washington a, en 1895, admis
définitivement le territoire d'Utah au rang d'Etat.
On verra flotter une 45ᵉ étoile sur le beau pavillon
de l'Union.

Cet événement peut être considéré comme le
glas funèbre du mormonisme et de la polygamie
aux Etats-Unis.

Elle a toute une histoire cette belle secte des
Mormons qui a tant fait parler d'elle depuis plus
d'un demi-siècle. La voici telle qu'elle nous a été
rapportée par M. Remy qui a vécu et voyagé
dans leur beau pays.

A 37 milles d'Ogden, une des stations du chemin de fer transcontinental, se trouve située la
cité des Mormons ; une voie ferrée y conduit,
parallèle au *Lac-Salé*, et construite par les Mormons eux-mêmes. C'est là, sur un plateau de

1,400 mètres de hauteur, dominé par les hautes cimes des Monts Wahsatch, que cette secte bizarre a fixé son dernier établissement.

Joseph ou Joë Smith, fondateur ou régénérateur du mormonisme, était le fils d'un fermier, né en 1805, dans l'Etat de New-York. C'est en 1823, dans le comté de Seneca, qu'il prétendit avoir vu l'ange envoyé de Dieu pour lui révéler la religion nouvelle.

En 1830, fut constituée l'église de Jésus-Christ des Saints du dernier jour (*The church of latter day saints.*) Smith, reconnu prophète, baptisa par immersion ses adhérents. Bientôt fut imprimé le livre de Mormon ; les sectaires firent une propagande active, fondèrent un journal à *Independance* (Missouri), prêchèrent, établirent des magasins, des fermes, des moulins. L'Eglise prospéra et fit des jaloux. Smith, l'envoyé de Dieu, le successeur de Moïse, le croyant, le révélateur, le traducteur, le prophète, fut une nuit arraché de son lit par une douzaine de furieux, qui le trempèrent dans une cuve à goudron, couvrirent de plumes son corps et le battirent cruellement. Les persécutions commencèrent alors contre les Mormons ; on brûla, on pilla, on détruisit leurs établissements ; on les traduisit devant les tribunaux, qui n'osèrent pas les condamner. Quant aux persécuteurs, ils purent se

livrer impunément à toutes les violences contre
les Mormons.

Le Mormonisme se développa et s'exalta dans
la persécution. Smith, pour se soustraire aux
attaques des Missouriens, alla fonder une nouvelle capitale dans l'Illinois, à Nauvoo. Nauvoo
prospéra, et des milliers de « Saints » y accou-
rurent de toutes parts. En 1843, au moment des
élections dans lesquelles l'influence du parti
mormon était redoutée, Joë Smith fut arrêté et
emprisonné à Carthage. Le 25 juin 1844, il était
massacré dans sa prison, avec son frère, par la
populace en fureur. Nauvoo fut bombardé et
saccagé, et le Temple, « modèle de l'architecture mormone » détruit ; alors commença le grand
stade des *Saints du dernier jour*. Les Mormons,
dirigés par Brigham Young, abandonnèrent leur
cité incendiée, leur temple en ruines, traversè-
rent le Mississipi, et, après trois années de mar-
ches au milieu de régions sauvages et inexplorées,
luttant contre des souffrances inouïes, hommes,
femmes et enfants, en wagon, à âne, en brouette,
à pied, décimés par la famine et la maladie, mais
indomptables dans leur foi, ils arrivèrent, en
juillet 1847, sur les bords du Lac Salé, situé entre
les Montagnes-Rocheuses et la Sierra-Névada
de Californie.

La contrée avait une vague ressemblance avec

la Palestine. Les Mormons s'y établirent ; elle portait le nom de *Descret* (pays de l'Abeille); elle prit dans la suite celui d'Utah. Les Mormons fondèrent la *Nouvelle-Sion*, *Great-Salt-Lake-City*, la cité du Grand-Lac-Salé, près de la rive droite du Jourdain, à quelques lieues de son embouchure dans le lac. La ville qui ne comptait que quelques maisons en 1850, a aujourd'hui 50,000 habitants appartenant à toutes les nationalités : Anglais, Ecossais, Canadiens, Américains, Danois, Suédois, Norvégiens, Allemands, Suisses, Polonais, Russes, Italiens, Français, Nègres, Indous, Australiens, etc... Tous les Mormons ne sont pas d'ailleurs dans *Great-Salt-Lake-City*. Brigham Young, avec une habileté prévoyante a fondé des colonies sur tous les points de la contrée ; il désignait lui-même les colons qui devaient les peupler, et ceux-ci, au jour fixé, sans avoir été même consultés, recevaient l'ordre de partir où la volonté du prophète les envoyait. En outre, Brigham Young expédiait par le monde des missionnaires chargés de prêcher la doctrine mormonne et de faire des prosélytes. On estime à 100.000 le nombre des Mormons qui sont en Amérique et à 200.000 la totalité des adeptes, dans tout l'univers.

Le gouvernement fédéral hésita longtemps sur

12.

la conduite à tenir vis-à-vis des Mormons (1).
En 1850, enfin, l'Utah fut organisé en territoire avec deux Chambres, et le président des
Etats-Unis, M. Fillmore, donna à Brigham
Young lui-même le titre de gouverneur. Mais les
conflits du gouverneur et des fonctionnaires placés sous ses ordres, l'hostilité peu dissimulée
du prophète à l'égard de la constitution provo-
quèrent sa déposition en 1854. Un nouveau gouverneur, le colonel Stepton, ne tarda guère à
donner sa démission, et tous ses successeurs
furent expulsés par la population. Le président
Buchanan envoya, en 1857, un nouveau gouverneur, Alfred Cumming, escorté de 2.500 mili-
ciens. Les Mormons cédèrent et obtinrent l'am-
nistie. Cinq ans après, à la demande qu'ils firent
d'être admis dans l'Union, le Congrès opposa
un refus, et vota une loi contre la polygamie et
la grande propriété. Durant la guerre civile,
entre le Nord et le Sud, les Mormons gardèrent
la neutralité, ne reconnaissant d'autre chef civil
et religieux que Brigham Young. Ils prirent
part activement à la construction du chemin de
fer transcontinental qui traverse l'Utah et y
rattachèrent leur ville par un embranchement.
En 1870, le congrès vota une nouvelle loi obli-

(1) En 1845, les Etats-Unis avaient acheté au Mexique le territoire d'Utah.

geant les Mormons à renoncer à la polygamie
ou à quitter les Etats-Unis ; le général Shœffer,
gouverneur de l'Utah, fut chargé de la faire
exécuter. Les Mormons résistèrent énergique-
ment, Brigham Young fut poursuivi, puis ac-
quitté par les tribunaux. Il fit, en 1872, un voyage
en Palestine, dans le but, a-t-il dit, de préparer une nouvelle émigration. Il n'en fut rien, et
les résistances continuèrent. Brigham Young
avait en même temps à lutter contre les schis-
mes : le plus redoutable fut celui de Joseph
Morris, le confident du prophète, qui voulut se
substituer au chef des saints. Mal lui en prit ;
il fut pourchassé dans sa retraite, et finalement
égorgé avec tous les imprudents qui avaient
osé voir en lui l'oint exclusif du seigneur.
Brigham Young est mort en 1877, à l'âge de 78
ans, sans avoir pris soin de désigner son successeur. Dans une grande assemblée tenue la
même année dans la *Ville du Lac-Salé*, où tout le
clergé mormon était présent (les douze Apôtres,
les Septante, les Danites, les Grands-Prêtres et
anciens de Melchissédec, les prêtres et diacres
d'Aaron, trois cent trente évêques, etc.), il a été
décidé que l'Eglise des Saints serait dirigée par
les douze apôtres, à la tête desquels se trouvent
Taylor, Pratt et le fils aîné de Young. Depuis la
mort de Young, la Chambre des représentants

de Washington (février 1882) a de nouveau adopté, par 199 voix contre 42 un bill interdisant la polygamie sur le territoire de l'Union. Malgré sa vitalité apparente, on peut dire que les jours du mormonisme sont comptés. Les Mormons succomberont sous la triple atteinte de la loi américaine, de la concurrence californienne, et de la réprobation morale dont leur doctrine est frappée. L'acceptation définitive de l'Utah au rang d'État de l'Union montre que leur influence politique et religieuse a complètement disparu.

Je ne fatiguerai pas mes lecteurs en leur exposant les théories religieuses si bizarrement exposées par Joseph Smith qui a retrouvé dans l'Ontario, sur le *Mont-Cumorah*, les tablettes de Moïse contenant la loi de Dieu ou le *Livre des saints*. Les Hébreux auraient passé les mers, et fondé une colonie en Amérique ; ils se seraient perpétué au milieu des populations indiennes et auraient constitué la secte des premiers Mormons (1).

(1) On donne l'étymologie suivante : Mormon vient du mot égyptien *mon* qui veut dire *bon* et du mot anglais *mor*, plus ; Mormon voudrait donc dire *meilleur*. On dit aussi que *Mormon* était le nom du grand-prêtre juif qui aurait écrit le Livre des saints retrouvé et traduit par Joseph Smith.

J'arrive donc immédiatement à la doctrine qui a fait la base et la célébrité de la religion reconstituée par Joseph Smith : La *polygamie*.

Tous ceux qui ont habité le territoire d'Utah et vécu avec les mormons sont unanimes à déclarer que les femmes elles-mêmes étaient les plus ardents apôtres de la polygamie. M. Jules Rémy, qui a discuté ces questions épineuses avec des dames mormonnes, s'est vu infliger des réponses qui, si elles ne sont pas d'une logique absolue, sont tout au moins spécieuses et méritent une certaine considération.

Les raisons qui ont fait adopter la polygamie sont d'abord tirées de la Bible. Voici comment madame X., septième femme d'un mormon, démontre que le nombre multiple des épouses est parfaitement d'accord avec les textes sacrés :

« Cette Bible, que je suis habituée à considérer comme sacrée depuis mon enfance, n'est-elle pas polygamiste ? J'y vois, dans cette Bible, qu'un saint homme assurément, un ami de Dieu, un homme fidèle en toutes choses, un homme qui observa toujours les commandements de Dieu, qui est appelé dans le Nouveau Testament le *Père des fidèles*, Abraham en un mot, était polygame. Que quelques-unes d'entre ses femmes fussent appelées concubines il n'importe : elles n'en étaient pas moins ses femmes, et la différence du nom ne fait rien à la chose. Et Jacob, son petit-fils, n'était-il pas aussi un homme selon Dieu ? Le Seigneur ne le bénit-il pas ? Ne lui commanda-t-il pas de faire souche et de multiplier ? Or, Jacob, si je ne me trompe, posséda quatre femmes, dont il eut douze fils et une fille. Qui oserait dire que Dieu condamna ces alliances multiples, et les fruits qui en provinrent ?

Les douze fils que Jacob eut de ses quatre femmes devinrent princes, chefs de tribus, patriarches, et leurs noms sont conservés dans la mémoire de toutes les générations.

David, le psalmiste, non seulement avait plusieurs femmes, mais le Seigneur lui-même lui parla par la bouche du prophète Nathan, et lui dit que, puisqu'il avait connu l'adultère avec la femme d'Uri et qu'il avait fait commettre un meurtre, il lui reprendrait toutes les femmes qu'il lui avait données et les livrerait à un de ses voisins. Cela ne se lit-il pas en toutes lettres dans le XIIe chapitre du IIe livre des Rois, versets 7 à 11 ? Ainsi, nous avons ici la parole de Dieu, et il ne sanctionne pas seulement la polygamie, mais de plus nous le voyons agir en quelque sorte, et donner à David les femmes de son maître Saül, puis lui enlever ses femmes et les donner à un autre homme. Voyez si le fait n'est pas concluant : dans cet exemple Dieu blâme et punit l'adultère et le meurtre, tandis qu'il autorise et approuve la polygamie. Si l'on croit à la Bible, il faut pourtant, ce me semble, tenir compte de cela. »

Madame X. explique ensuite comment la polygamie, au lieu d'être pour la femme un état d'opprobre, constitue au contraire un progrès considérable sur les mœurs occidentales.

« La polygamie, pratiquée comme elle l'était sous la loi des patriarches, tend directement à la chasteté des femmes, à la bonne constitution physique et morale des enfants. Vous pouvez lire dans la loi de Dieu, dans notre Bible, les époques et les circonstances dans lesquelles la femme doit être séparée de son mari..... (1). La loi polygamique de Dieu ouvre à toutes les femmes vigoureuses, saines et vertueuses, une porte par laquelle elles peuvent devenir des épouses honorables d'hommes vertueux, et les mères d'enfants fidèles, vertueux, sains et vigoureux. Permettez-moi de vous demander, monsieur, quelle femme dans toute la France consentirait à épouser un ivrogne, un débauché, un paresseux, un dissipateur, un homme atteint de ma-

(1) Apud Mormones, concubitus per totum gestationis et lactationis tempus prohibetur, ac pro nefanda pollutione habetur.

ladies héréditaires, quelle femme consentirait jamais à devenir prostituée ou à passer sa vie dans le célibat et dans la privation d'affections naturelles, si la polygamie d'Abraham, autrement la loi patriarcale de Dieu, était suivie dans votre pays et tenue pour honorable et sacrée par tout le monde. »

Madame X. compare ensuite la situation des femmes dans l'Etat d'Utah avec celles des autres nations soumises, soit au mariage *dualiste*, soit au célibat.

« Les lois de Rome interdisent le mariage au clergé et aux nonnes et ne permettent aux autres d'épouser qu'une seule femme. Cette loi oblige nombre de femmes, à passer une vie de *bénédiction* solitaire, sans mari, sans enfants, sans amis pour les protéger et les consoler ; ou bien encore cette loi les condamne à une vie de pauvreté et d'isolement, ou elles sont exposées aux tentations, à des affections coupables, à la nécessité de se vendre, à....... L'homme, au contraire, riche de ses moyens, est tenté de les dépenser en secret avec une maîtresse, d'une façon illégitime, tandis que la loi de Dieu la lui aurait donnée comme une honorable épouse. Tout cela engendre le meurtre, le suicide, les remords, le désespoir, la misère, la mort prématurée, en même temps que leur cortège inséparable, la jalousie, la défiance au sein de la famille, les maladies contagieuses, etc. Enfin, cela conduit à cet horrible système de tolérance légale, dans lequel les gouvernements prétendus chrétiens délivrent des patentes à leurs filles de joie. »

On voit que la polygamie ne manque pas de défenseurs habiles et que ceux-ci se recrutent justement parmi les femmes qui, mieux que personne, ont pu apprécier les inconvénients et les avantages du mormonisme.

Il y avait cependant quelques restrictions dans le pays des Mormons sur la pratique des mariages multiples. En premier lieu, on pouvait être un excellent mormon et n'avoir qu'une seule femme ; beaucoup d'habitants d'Utah, partisans du prophète Smith, ne se mariaient qu'une fois ; d'un autre côté, il fallait, pour contracter une seconde union, avoir le consentement de sa première épouse et présenter un *exposé des motifs*. Ceux-ci étaient basés sur des questions d'ordre divers : la santé de la femme, la puissance du mari qui ne trouvait pas dans une seule compagne des éléments suffisants pour assurer sa tendresse, etc., etc. Ce qui est certain, c'est que la première femme refusait rarement son consentement et que les mormones étaient fières du nombre de femmes *scellées* au maître.

13

Quoi qu'il en soit, le mormonisme polygamique a vécu, du moins en tant qu'*Institution légale* ; mais on affirme que les pratiques qui avaient autrefois fait tant d'adeptes à la religion de Joseph Smith n'en subsistent pas moins. Aucune loi d'Etat ne peut empêcher les gens de vivre à leur guise et de prendre le nombre de femmes qui leur plaît ; il manquera à ces unions la consécration légale, voilà tout.

Il est fort probable du reste que dans quelque vingt ans, la civilisation et les coutumes des grandes villes de l'Est auront pénétré dans l'état d'Utah et que le mormonisme n'y existera plus qu'à l'état de souvenir.

La polygamie étant absolument interdite aujourd'hui aux Etats-Unis, on s'est demandé ce que devient le superflu de la population féminine qui avait afflué sur les bords du Lac Salé.

M. Haweis, dans un article sur les Mormons dans la *Fortnightly Review*, jette quelque lumière sur la question. Il cite le cas de M. Canon, vieillard de soixante à soixante-dix ans, qui a représenté pendant plusieurs années le territoire de l'Utah, à Washington. M. Canon, de même que son ami l'évêque Clawson, avait plusieurs femmes et un grand nombre d'enfants. En réponse à la question : « Comment avez-vous fait ? » M. Canon a déclaré qu'il a réuni ses femmes et leur a exposé la loi, en leur disant qu'elles étaient dorénavant libres de partir et d'épouser qui bon leur semblerait, bien que leur mari fût tenu moralement de leur venir en aide si elles ne le faisaient pas.

Elles répondirent en chœur qu'elles acceptaient le sacrifice, mais qu'elles ne voulaient pas partir à moins d'y être forcées. « Cela a été dur, continue M. Canon, très dur, une rupture terrible de liens de famille ; mais il fallait prendre une décision sur ce que j'avais à faire. Ma première femme était morte. Je décidai qu'il n'y aurait plus de cœurs enflammés. Désormais je n'aurais plus de femme. Il n'y aurait plus de jalousie, et maintenant je vis seul avec les enfants de ma première femme. Mais nous ne pûmes rompre le cercle social de famille, et j'essaye pour le bien de tous de le maintenir. J'ai construit une grande salle ; chaque matin ces dames, avec leurs enfants, s'y rencontrent avec moi comme d'habitude, pour la lecture de la Bible et les prières. Nous dînons dans la même salle. Chaque mère est assise à une table avec ses enfants à elle, et afin que l'on ne puisse pas dire que je suis assis avec mes « femmes » pour dîner, j'ai une table à part pour moi avec les enfants de ma première femme. »

Heureux Canon, qui a pu ainsi se défaire de

ses onze femmes ! Quant à l'évêque Clawson, on nous dit que la chose a été pour lui plus difficile et surtout plus coûteuse. Son caractère sacerdotal ne lui permettant pas de vivre avec elles sous le même toit, il a dû faire construire une maison pour chacune de ses femmes et pourvoir à leur entretien jusqu'à ce qu'elles aient trouvé à se marier. Quatre ont déjà trouvé preneur ; il en reste encore sept. Mais on espère qu'elles se marieront rapidement, les femmes des Mormons ayant la réputation de rendre les maris très heureux et d'être très habiles dans les pratiques de l'amour. Il paraît qu'on demande à grands cris des maris dans l'état d'Utah ; avis aux célibataires.

Quelques Excentriques :
Les Perfectionnistes d'Onéida.

La communauté d'Onéida. Humphrey Noyes. Direction des passions. Self-Controle. L'amour libre. Le mariage. Essai heureux de phalanstérisme. Résultats matériels et moraux.

Après les *Mormons*, ce sont les membres de la communauté d'Onéida qui tiennent la corde, non comme importance numérique, mais comme *originalité*. Rien n'est plus bizarre, en effet, que cette Communauté dont je vais rapidement retracer l'histoire et exposer les principes en les *gaʒant* toutefois, afin de ne pas trop effaroucher les lecteurs peu habitués aux crudités du langage biblique.

Le touriste qui se rend de New-York à Buffalo et aux chutes du Niagara par le chemin de fer de la Rivière de l'Hudson (*Hudson River Railway*), laisse à sa gauche, un peu avant d'arriver à Syracuse, un village et un lac, situés dans un paysage splendide. C'est *Onéida*, où fut fondé en 1847 la célèbre *communauté des Perfectionnistes* par John Humphrey Noyes.

En réalité, la communauté fondée par Humphrey Noyes, à l'époque où le Fouriérisme était fort en vogue en France, était une simple tentative de communisme basée sur des principes religieux. C'était un phalanstère dont les membres versaient leur avoir en entrant dans l'association, se partageaient le travail selon leurs aptitudes et vivaient dans un état de perfection sociale qui rappelle les premiers âges des temps bibliques.

J'ai eu l'honneur d'être en relations récemment avec un des plus fervents apôtres du perfectionnisme à la manière d'Onéida, M. Georges Noyes Miller, qui a appartenu à la Communauté et qui est le propre neveu de son fondateur. Il m'a fait un exposé complet des doctrines d'Humphrey Noyes et a mis à ma disposition toute la littérature et les ouvrages sortant des presses d'Onéida. J'ai trouvé chez ce jeune propagandiste tant de foi, tant de simplicité naïve que je dois exposer ses idées avec le respect que j'ai déjà témoigné aux Shakers, aux Mormons et à toutes les sectes excentriques qui ont pris naissance aux Etats-Unis.

Je ne m'occuperai pas des théories religieuses sur lesquelles s'appuient les perfectionnistes, mais seulement de quelques points qui intéressent le philosophe et le moraliste : les sentiments affectifs, l'amour et le mariage.

Les communistes d'Onéida croient que les sentiments affectifs qui rapprochent les deux sexes peuvent être contrôlés et dirigés. Grâce à cette direction on obtient de meilleurs résultats que lorsqu'ils sont abandonnés à eux-mêmes ; ils croient en un mot que l'amour et toutes les manifestations qui en découlent doivent être guidés et contrôlés par les *Pères* et *Mères* de la communauté, ceux que leur expérience a fait admettre au titre de *Ascending Fellowship*. Mais ces directeurs spirituels, n'ont aucun lien de parenté avec les jeunes gens qu'ils sont chargés de diriger dans le choix d'une femme.

Voici quelques-uns des préceptes émis par le grand prêtre d'Onéida ; je transcris textuellement dans le livre sorti des presses de la Société :

« Il est considéré comme préférable, dans la première période de la passion, d'associer les jeunes gens des deux sexes avec des personnes plus âgées et autant que possible avec des mères et des pères *spirituels* qui ont l'habitude du *Self Control* et qui peuvent ainsi faire de l'amour une chose sûre et édifiante (*make love safe and edifying*). Il est admis par tous les physiologistes qu'il n'est pas convenable d'associer pour l'amour des êtres de même caractère et de même tempérament. La pratique a démontré aux communistes, qu'il n'est pas désirable de réunir deux jeunes gens qui ne sont pas *spirituels* et n'ont pas encore l'expérience de l'amour ; il est au contraire préférable d'unir le jeune homme avec une femme dont le caractère est plus mûr et, réciproquement, il convient d'unir la jeune fille avec un homme plus âgé et ayant le sens rassis. »

Un autre grand principe général qui règle les rapports des membres de la communauté est le suivant : il n'est pas désirable que deux êtres restent exclusivement attachés l'un à l'autre comme cela a lieu le plus souvent chez les personnes à tendance sentimentale. L'attachement exclusif et *idolatrique* de deux êtres est mauvais. Les communistes considèrent l'amour exclusif comme pernicieux et malsain (*unhealthy and pernicious*) ; ils insistent sur ce fait que, le cœur doit rester libre pour aimer tout ce qui est vrai et digne et ne pas s'attacher, d'une manière exclusive à l'amour égoïste, quelle qu'en soit la forme, (*Selfish love in any form*).

Cette autre règle dirige les unions *onéidistes* : les membres de la communauté ne sont jamais obligés, dans aucune circonstance, de recevoir les hommages des personnes qu'elles n'aiment pas. Les *pères* et *mères spirituels* sont chargés de protéger les membres contre toute approche désagréable et une femme est toujours libre de refuser les « attentions » d'un homme (1).

Telles sont les bases qui règlent les relations des deux sectes à Onéida ; on a pu croire jusque là qu'il s'agissait de mariage dans le sens que la majorité des peuples attache à ce mot; nullement ; les communistes ne l'entendent pas ainsi ; ils pratiquent l'*amour libre*. Cela devient scabreux et je vais encore recourir au manuel du communisme pour expliquer ce que ce mot peut avoir de choquant.

« Par amour libre nous n'entendons pas le droit d'aimer une femme aujourd'hui et de la laisser demain ; le droit que donnent les lois de la société actuelle de l'épouser et l'abandonner après l'avoir dépouillée de ses biens ; le droit, si fréquemment appliqué aujourd'hui, d'abuser d'une fille et d'abandonner sa progéniture. Notre communauté est une famille ; les liens qui nous unissent sont aussi permanents et aussi sacrés que ceux du mariage, car ils sont la base même de notre religion. Nous n'acceptons pas de mem-

(1) Extrait du *Manuel de la Communauté d'Onéida* (Hand book of the Oneida Community) publié par la Communauté, Onéida, 1871. Grâce à M. Noyes Miller, j'ai pu consulter la bibliothèque *onéidiste* : *Bible communism, male continence, Essay of scientific propagation* ; Reports annuels de l'Association d'Onéida et de ses branches, etc. ; tous ces ouvrages publiés et imprimés à Onéida par l'Association.

13.

bres qui ne soient décidés à consacrer leurs
personnes et leur cœur aux intérêts de la communauté pour la vie entière. Le travail de tous les
membres valides et tout le revenu de nos propriétés est consacré à l'entretien des femmes et à
l'éducation des enfants. » Il n'y a pas de bâtards
ni de femmes abandonnées chez les onéidistes
et, sous ce rapport, ils prétendent être en avance sur le mariage et la civilisation.

Les communistes d'Onéida ne veulent pas
qu'on les accuse de licence. Ils ont toujours
passé pour des gens convenables et rien n'a été
dit contre leurs mœurs. Ils entretiennent de
bonnes relations avec leurs voisins et passent
pour des gens probes, honorables et n'ayant
rien à redouter du contrôle des nombreux visiteurs qu'ils recevaient volontiers. C'est simplement cette pratique de l'amour libre, opposé au
mariage des Sociétés modernes, qui choque les
Américains qui cependant n'ont jamais dirigé
contre eux les persécutions dont les Mormons
ont eu tant à souffrir.

« Le mariage, disent-ils, place la femme au
pouvoir de l'homme ; il donne à celui-ci la liberté
de maltraiter la compagne qui ne peut échapper ;
il permet à l'homme de lui infliger la charge de
la maternité *sans qu'elle ait été consultée*. »

C'est sur ce point fort délicat qu'il serait intéressant d'insister sur les pratiques des onéidistes qui sont imprimées tout au long et avec une crudité biblique dans leurs ouvrages. Les communistes prétendent, en effet, n'avoir des enfants que quand cela plaît à la compagne qu'ils ont volontairement choisie. Ils ont exposé à ce sujet des théories et des pratiques qui ne peuvent trouver place dans un récit de voyages qui peut tomber entre la main d'êtres trop jeunes pour être initiés aux mystères de la Communauté d'Onéida.

La théorie des onéidistes, en ce qui concerne le mariage, m'a été ainsi résumée par un des *pères* de la communauté :

« Ce que nous avons fait et qu'on a désigné sous le nom d'amour libre est simplement un progrès sur ce que les peuples ordinaires appellent mariage. Nous ne voulons pas être intolérants et avoir des querelles avec ceux qui croient à l'union dualiste et l'observent fidèlement ; nous avons étudié et pratiqué l'amour libre et nous le considérons comme un progrès sur les institutions actuelles. Il peut y avoir des gens heureux par le mariage, mais nous pensons que les femmes et les enfants de la communauté d'Onéida sont plus heureux que dans n'importe quelle famille ordinaire. Les résultats pratiques de notre système sont les suivants : les hommes sont plus courtois, les femmes plus charmantes (winning), les enfants plus heureux et mieux élevés ; et, chose importante, les deux sexes sont personnellement libres de toute attache. »

Quoi qu'il en soit, l'essai de phalanstérisme tenté par Humphrey Noyes a parfaitement réussi. Les membres de la commune d'Onéida ont, non seulement pratiqué l'amour libre, mais encore contribué, de même que les Mormons, a fonder une colonie prospère et durable. Ils ont donné l'exemple de la persévérance, de la sobriété et du travail. Tout en faisant une large part à la culture intellectuelle, ils ont manié la charrue, le ciseau, le rabot et ont perfectionné plusieurs industries importantes.

On peut voir à Onéida le magnifique établissement qu'ils ont fondé. Le *Palais de la communauté (Community mansion)* se compose d'un immense bâtiment de 63 mètres de façade composé d'un immense hall pouvant contenir 700 personnes, d'un premier étage contenant les appartements des *mariés libres* et d'un second destiné à loger les enfants de la communauté. Dans de spacieuses annexes, les cuisines, l'imprimerie, les magasins, l'école, la bibliothèque (qui contenait, en 1881, 4.000 volumes), la buanderie, les étables, etc. Enfin, dans le voisinage, les usines: une fonderie, une fabrique de machines, des forges, une manufacture de soieries, etc.

Je n'entrerai pas ici dans la description du système de gouvernement adopté dans la commune et basé, selon l'expression du fondateur, sur le *criticisme mutuel*. Ce qui est certain c'est que la plus parfaite harmonie n'a cessé de régner dans la communauté depuis 1847, date de sa fondation. Au point de vue matériel, comme au point de vue social, les communistes d'Onéida sont donc arrivés à approcher de très près le *perfectionnisme* qu'ils avaient pour idéal.

A partir de 1881, les Perfectionnistes d'Onéida ont dissous leur société modèle et ont procédé à la liquidation de leurs intérêts matériels. Chose étrange ! leurs affaires avaient prospéré et l'association était presque riche ; son actif était constitué par un capital de quatre millions de francs ce qui faisait 30,000 francs pour chacun des deux cents adhérents. On peut donc, en Amérique comme ailleurs, mener de front les intérêts spirituels et les intérêts matériels ; en France les religieux s'enrichissent en vendant du chocolat et des liqueurs ; aux Etats-Unis ils colonisent, défrichent le sol, créent des cités et des usines.

La Société et les Mœurs en Amérique : La Femme.

La Société en général. Quelques milliardaires : Astor, Mackay, Vanderbilt, Pullmann. La Femme améri-caine. Transformation rapide des races étrangères sur le sol américain. L'Instruction et l'Education. Liberté et indépendance. Importance de la lecture. Les *Revues* américaines. La lutte pour la vie. L'E-tude de la musique et de la peinture. Les Femmes-médecins. Les Femmes-avocats et fonctionnaires. Un curieux mariage. Les Femmes pasteurs, prêtres et missionnaires. La Politique. Les Femmes dans les réunions publiques et au vote. Egalité parfaite des sexes. La Femme riche et de bonne origine. Les Mariages avec l'aristocratie Européenne. Le Respect de la femme en Amérique. Son rôle prépondérant et dominateur dans le foyer. Les Voyages en Eu-rope. Le Flirtage. A la recherche d'un mari. Hon-nêteté et droiture des mœurs anglo-saxonnes.

Rien n'est plus intéressant pour un Européen que la vie américaine où règne l'égalité, la sim-plicité des mœurs et je dirai même une sorte de naïveté honnête et primitive. L'étude d'une société nouvelle, dont chaque membre doit en naissant se créer une carrière, sans se soucier des préjugés, des habitudes et des conventions,

présente pour l'économiste un puissant intérêt.
Mais il faut convenir qu'en se plaçant au point
de vue des agréments et des distractions, une
société où il n'y a point d'oisifs, où tout le
monde est occupé du matin au soir, où il n'y a
point de distinction de castes et de plaisirs, où
la vie de famille simple et primitive est le plus
grand attrait pour l'homme ; il faut reconnaître qu'une société qui n'a pas en elle les éléments d'une vie extérieure frivole et ne s'occupe que du but sérieux de la vie, ne saurait
plaire aux quelques Français mondains, qui
s'aventurent sur le territoire américain et surtout dans les régions au delà de la belle façade
formée par les grandes villes de la côte est :
New-York, Boston, Philadelphie et Washington.

A part quelques rares fils de famille tout le
monde travaille aux Etats-Unis, même les milliardaires et leurs enfants. On sait qu'il y a à
New-York une société aristocratique plus ja-
louse de ses prérogatives et de ses titres que
bien des familles du noble faubourg Saint-Germain. En Amérique cependant les titres ne sont
pas les parchemins des croisades, mais les
dollars et l'ancienneté de la famille ; il suffit
cependant, pour faire partie des *Four Hun-*

dred (1), d'appartenir à une famille habitant les
Etats depuis un siècle, d'être riche et d'avoir
reçu dès l'enfance l'éducation et l'instruction
qui sont le privilège des gens *nés riches.* J'ai dit
en parlant des clubs de New-York que plusieurs
de ces établissements ne recevaient que des membres pouvant prouver une descendance américaine remontant à 1785.

Mais cette aristocratie New-Yorkaise qui forme, je le reconnais, une société aussi aimable
que distinguée, qui vient chaque année en Europe, qui va chaque printemps à New-Port, qui
donne en un mot le ton et la note élégante,
n'entre que pour une infime proportion dans la
population américaine. Elle ressemble à toutes
les aristocraties, à toutes les *crèmes* de l'Europe ; c'est un monde où l'on pense à peu près
uniquement à s'habiller et à s'amuser et où on a
surtout le souci de paraître et d'imiter.

Ce qui peut nous intéresser en Europe, ce
sont les nouveaux riches, les *selfmademen* :
les Astor, les Mackay, les Pullman, les Vanderbilt, etc. La plupart de ces hommes qui ont
acquis d'énormes fortunes par un labeur insen-

(1) On désigne sous le nom des *Four Hundred* ou des
Quatre Cents, les habitants de New-York qui, à tort ou à
raison, prétendent seuls faire partie de la bonne
société ; c'est dans cette classe que se recrutent les
swells, les *gommeux,* les gens *très bien* en un mot.

sé ou qui sont des fils d'artisans ne pensent nullement à jouir de leur fortune par le repos ou l'ostentation. Ils ont au contraire en eux le génie de l'action, du travail et de la production. Astor fait construire à New-York les immenses hôtels que nous avons décrits ; il achète à Londres des journaux qu'il lance à grands coups de dollars ; Mackay brasse d'immenses affaires, exploite des mines et pose des câbles transatlantiques ; Pullman développe l'immense industrie à laquelle il doit sa prodigieuse fortune.

L'histoire de quelques-uns de ces hommes est intéressante, en ce sens qu'elle montre ce que peuvent l'énergie humaine et l'initiative individuelle lorsqu'elles rencontrent un terrain favorable.

Tout le monde connaît le nom de M. W.-K. Vanderbilt, frère cadet de M. Cornélius Vanderbilt, le chef de cette dynastie de la finance dont l'ancêtre est, comme l'on sait, le Vanderbilt qui, en 1848, à l'époque de la « fièvre de l'or », fut un des premiers à établir des services de vapeurs entre l'Europe et la Californie.

Car la fortune de la famille date de cette époque, et c'est à la navigation qu'elle doit son origine, puisque le grand-père Vanderbilt n'eut l'idée de son exploitation de navires à vapeur qu'à

la suite des bons résultats que lui avait donnés
un trafic de bateaux entre l'île de Staaten, située à l'entrée de New-York, et la capitale des
Etats-Unis.

On sait que cette fortune, qui s'est accrue dans
l'exploitation des chemins de fer américains, se
chiffre à l'heure actuelle à 200 millions de dollars, soit un milliard net.

M. Pullman est resté le « business-man » des
premiers jours, travaillant avec les ouvriers quo-
tidiennement, comme au temps où il était un
simple charpentier.

On connaît les origines du célèbre construc-
teur de wagons-lits. Issu d'une famille hessoise,
mais né en Amérique, aux environs de New-
York, il partit à l'âge de vingt ans comme ébé-
niste, pour la province de Colorado. Là, au bout
de quelque temps, il se fit entrepreneur de me-
nuiserie et, tout en travaillant pour les autres,
inventa le système particulier des wagons-lits,
qui devait faire sa fortune.

Cette invention consistait simplement à amé-
nager les lits « supérieurs » dans les wagons,
de façon qu'ils pussent être dissimulés le jour.
C'était en 1862. Trois ans après, s'étant rendu à
Chicago, il fonda la Compagnie des Pullman-
cars à l'aide de capitaux qui lui furent prêtés, et

fut si heureux dans ses opérations qu'au bout d'un an il donnait à ses actionnaires des dividendes dont eux-mêmes restèrent surpris. A l'heure actuelle, au bout de trente ans d'existence, la Compagnie des Pulman-cars travaille sur un capital qui a augmenté de cinquante pour cent.

A côté de ces milliardaires il faut citer Philipp Armour, qui a créé et exploite à Chicago la célèbre industrie des viandes à laquelle j'ai consacré un chapitre (Les Stock-yards). Les frères Rockefeller qui, partis de la plus humble condition, ont amassé une fortune de plus de deux milliards; Gordon Bennet du *New-York Herald*; Joseph Politzer, fondateur du *New-York World* et tant d'autres.

A part, M. Gordon Bennet, qui mène la grande vie à Paris, tous ces milliardaires ne songent nullement à étonner le monde par leur faste. La plupart vivent simplement; beaucoup sont malades et sont trop absorbés par le travail ou par la gestion de leur fortune.

On prétend que M. Philipp Armour, de Chicago, qui peut sans grand'peine signer un chèque de 25 millions, est atteint de dyspepsie; il suit un régime et sort peu.

Le fondateur d'un des grand journaux de là-bas, le *New-York World*, M. Joseph Politzer, a les yeux très affaiblis par suite d'excès de travail.

Le *Silver King*, John Mackay, a une assez bonne santé, mais il est tellement occupé du matin au soir qu'il n'a jamais le temps, il l'avoue lui-même, de jouir de sa fortune.

Le seul passe-temps qu'il se permette est la marche, la marche hygiénique — car M. John Mackay n'a pas de voiture, du moins pour son usage personnel. Madame Mackay fait d'assez longs séjours à Paris, mais elle a presque renoncé à habiter notre capitale, n'y ayant sans doute pas trouvé l'accueil auquel elle s'attendait.

Les frères Rockefeller, qui possèdent une des plus grosses fortunes de l'Amérique, mènent la vie la plus régulière et, disons le mot, la plus monotone.

Ils ne font pas de musique, ils ne cultivent ni les beaux-arts ni la littérature. Ils n'ont guère que le temps de gérer leur énorme fortune.

Enfin, M. Cornélius Vanderbilt, lui-même, ne mène pas non plus une existence bien folâtre. Bien que membre d'une douzaine de clubs, il n'en fréquente aucun. Sa timidité est proverbiale : c'est au point qu'il évite les grands dîners ou les soirées dans lesquels il pense pouvoir rencontrer des visages étrangers.

Tels sont les renseignements qui m'ont été
fournis sur les principaux milliardaires américains ; ils n'ont rien d'invraisemblable, quoique
je n'en puisse garantir l'exactitude. Tous les
hommes dont je me suis permis de citer les noms
sont du reste aussi connus par leur honorabilité
que par leur fortune, et consacrent des sommes
considérables à des œuvres de bienfaisance.

Mais je n'ai pas l'intention de décrire la Société américaine, pas plus celle qui constitue les
Four Hundred, que celle des financiers et des
milliardaires. Je désire simplement transmettre
mes impressions et mes observations sur un sujet qui mérite davantage de m'attarder. Je veux
parler de la *Femme américaine.*

S'il faut bien des générations pour transformer le Saxon qui forme le gros noyau masculin
de la population américaine en un parfait *gen-
tleman* dans le sens anglais du mot, il n'en est
pas de même de la femme, quelle que soit son
origine.

En laissant de côté les Américaines de New-
York et de la côte Est, celles qui viennent chaque année en Europe où elles appelent justement l'attention par leur luxe et le charme de
leurs personnes, on est justement surpris du
rang social et de l'importance qu'occupe aux

États-Unis la femme, qu'elle soit d'origine saxonne, irlandaise, ou scandinave. Il suffit d'une ou deux générations pour transformer la fille du paysan du Danube en un être supérieur, aux aspirations élevées, aux vues larges, aux aptitudes multiples et ayant la parfaite notion de son droit, de son importance et surtout des devoirs qui lui incombent dans un milieu où la vie sociale subit de rapides transformations.

Il faut que cette terre américaine soit bien neuve et bien féconde pour opérer de telles métamorphoses. Semblable aux terrains neufs elle permet des cultures intensives et donne des produits hâtifs et savoureux.

Voici un pays qui n'existait pas il y a cent ans ; on y a semé à l'aventure les éléments les plus divers : le Saxon, aux habitudes simples et primitives ; l'Irlandais persécuté et malheureux ; le Scandinave, patient et industrieux ; le Tchèque, fier et indépendant ; l'Italien, souple et thésaurisateur ; tous appartenant aux plus basses classes de leur pays d'origine, sans instruction, sans éducation, sans argent, sans direction ; tous accompagnés de femmes et d'enfants occupant le même niveau intellectuel. Comment ces peuples d'origine si diverse, abandonnés aux hasards du *struggle for life*, comment ces individus jetés pêle-mêle dans le grand creuset américain, ont-ils pu fusionner, et comment ont-ils pu donner naissance à une race émancipée, presque homogène et dont la femme occupe au point de vue social et intellectuel, un niveau de beaucoup supérieur à la femme des nations les plus civilisées de l'Europe ?

C'est là un problème que je laisse au philosophe et à l'anthropologue le soin de résoudre. Je me borne simplement à constater le fait.

Peut-être trouverait-on les facteurs de cette évolution dans le milieu même où se meut la jeune fille, dans l'instruction qu'elle reçoit ; dans l'indépendance avec laquelle elle se dirige, et surtout dans l'obligation où elle se trouve le plus souvent de se créer elle-même une situation soit par le mariage, soit par le travail.

La femme américaine, surtout celle appartenant aux classes moyennes, reçoit une instruction solide dans les écoles publiques, mais elle ne se contente pas des connaissances ordinaires qui font la base de l'éducation du peuple. Les jeunes filles ne se marient guère avant 25 ans ; il s'écoule donc un bon nombre d'années entre l'époque où elles quittent l'école et celle où elles abordent la vie conjugale. Ce temps est utilement employé à s'instruire, et même souvent à conquérir des grades universitaires.

Cet instinct d'indépendance et la liberté absolue dont elles jouissent leur donnent un ardent désir de connaître, un âpre besoin de savoir et de s'initier aux profondeurs de la science. Elles lisent beaucoup, non pas de ces romans orduriers qui déshonorent notre littérature française, mais les *Revues*, les *Magazines*, qui pullulent aux États-Unis et sont merveilleusement rédigées. Ces publications mensuelles dont l'immense tirage (quelques-unes tirent à 60 et 80,000 exemplaires) attestent la popularité, contiennent un véritable *Compendium* des connaissances humaines : littératures, religions, politique, histoire, astronomie, beaux-arts, sciences biologiques, tout figure dans les *Magazines* ; tout est illustré et présenté avec un goût exquis. J'engage ceux qui sont familiarisés avec la langue anglaise à lire le *Harper's*, le *Scribner's*, le *Century*, le *Lippincott's*, le *Mc Clure's*, et tant d'autres *Revues* ; ils seront surpris de voir combien ces publications sont supérieures à tout se qui se fait chez nous, tant sous le rapport des illustrations et de l'impression que sous celui, beaucoup plus important, de la rédaction et du choix des matières.

Toute fille américaine dont le père n'est pas milliardaire sait en outre qu'elle peut être appe-

lée à exercer une profession et à vivre de ses
propres ressources. Le *struggle for life* peut
exister pour elle comme pour l'homme ; de là ce
désir d'acquérir une instruction supérieure qui
lui permette de lutter avantageusement et même
d'embrasser une carrière libérale. Si toutes ne
peuvent réussir dans cette voie, toutes peuvent
y aspirer. C'est ce qui explique le nombre considérable de jeunes filles qui étudient la musique, la théologie, la peinture, la médecine et
même le droit.

Notre école française des beaux-arts ayant
une réputation incontestée, attire à Paris une
pléiade de jeunes filles qui viennent, souvent
avec de très faibles ressources, y étudier la
musique et la peinture ; elles constituent dans
notre capitale une véritable ruche dont les abeil-
les, laborieuses et tenaces, retournent dans leur
pays avec des éléments sérieux de succès. Quelques-unes même conquièrent en Europe de très
belles situations sur nos grandes scènes : ai-je
besoin de citer Mmes Russel, Sanderson et tant
d'autres.

Quoique moins adonnées à la littérature que
les Anglaises, elles y occupent, à mon avis, une
place plus honorable. Si elles ne pondent pas
ces interminables et insipides romans qui apla-
tissent la littérature britannique et dont Mada-

me Alexander a fourni le moule, elles envoient à leurs grands journaux des correspondances parisiennes pleines de remarques justes et spirituelles ; elles écrivent dans leurs *Revues* des nouvelles très fraîches et très vécues.

En *médecine* la femme occupe aux Etats-Unis une place considérable. Alors qu'il y a seulement une demi-douzaine de femmes docteurs qui végètent à Paris, il y en a plusieurs milliers en Amérique où elles exercent honorablement leur profession sans être l'objet des remarques et des quolibets stupides qui ont assailli en France les premières femmes qui ont abordé l'étude des sciences naturelles. Quelques-unes occupent avec distinction des chaires de professeurs où bon nombre d'étudiants masculins ne dédaignent pas d'aller recevoir l'enseignement technique. A la ville comme à la campagne les dames médecins sont acceptées et estimées.

Dans l'ordre religieux les femmes américaines ont su également conquérir leur place ; dans plusieurs Etats elles exercent avec le plus grand succès les fonctions de pasteurs des églises réformées. On sait que c'est Anne Lee qui a créé la secte des Shakers ; c'est Barbera Heck

qui a modifié le culte méthodique ; c'est Lucre-
tia Mott qui a créé la secte des « Amies » qui prê-
chent l' « obéissance à la lumière intérieure » (1).

Parlerai-je du droit et des femmes-avocats ?
Je vous surprendrai bien davantage. Lisez la
nouvelle suivante transmise à la presse française depuis mon dernier voyage :

Le ministre de la justice de l'Etat de Montana,
aux Etats-Unis, a épousé son sous-secrétaire
d'Etat ; le mariage des deux « honorables » a été
célébré en grande pompe à San-Francisco.

Telle est la nouvelle qu'apportent les journaux américains. Qu'on ne les accuse pas de
mensonge ridicule : le fait est réel et il paraîtra
tout naturel quand on saura que le sous-secrétaire d'Etat en question est une jeune et jolie
femme, miss Knowles. Elle a fait la connaissance
de son mari, le ministre, ou, pour lui donner
son titre exact, l'attorney général, M. Haskell,
d'une assez singulière façon ; c'est dans des
réunions publiques, en le combattant, en se po-
sant comme son adversaire qu'elle l'a vu pour

(1) Les membres de cette secte sont désignés sous le
nom de *Hicksites* ; ils passent pour suivre les préceptes de Tolstoï, n'écoutent pas les préceptes des églises et obéissent à leur inspiration intérieure : *obedience
to the light within.*

la première fois et qu'elle l'a aimé ; Laure et
Pétrarque échangeaient des serments au bord
de la fontaine de Vaucluse ; Paul et Virginie
soupiraient tendrement à l'ombre des grands
bananiers ; l'Amérique change, modernise tout
cela ; la période électorale est devenue la saison des amours ; et Cupidon armé de ses flèches s'embusque derrière un électeur influent
pour mieux viser les candidats ; il verse de
l'eau sucrée dans son carquois, il y fait boire
l'orateur.

Donc M. Haskell et Mlle Knowles, doctoresse
en droit, briguaient tous deux en 1892 les fonctions électives d'attorney général. Celui-là était
le candidat du parti républicain ; celle-ci, la
candidate du parti démocratique ; après une
lutte ardente, le masculin l'emporta sur le fémi-
nin ; la jeune femme fut battue, mais sa défaite
fut une victoire ; elle avait perdu la bataille
devant les électeurs peu galants, elle la gagna
devant son concurrent ; il la prit pour assis-
tante, pour suppléante, puis enfin pour femme.

Ce mariage original prête à de faciles plai·
santeries ; nous nous dispenserons de les faire,
car la question mérite d'être envisagée sérieusement. Il faut que l'émancipation de la femme
soit devenue, outre-mer, une doctrine populaire
pour qu'un immense éclat de rire n'ait pas

accueilli l'union conjugale de deux magistrats
élus, pour que les citoyens américains l'aient
trouvée parfaitement normale. Aucun d'eux ne
conteste plus a la femme le droit d'appartenir
au barreau, d'exercer la profession d'avocat ou
des fonctions officielles.

L'opinion publique s'est à ce sujet prononcée
depuis longtemps. Dès 1869, Mme Arabella
A. Mansfield était admise comme avocat dans
l'Etat d'Iowa. Actuellement, 150 femmes environ
plaident devant les tribunaux américains sans
que personne leur en conteste le droit. Sur ces
150 *avocates*, 21 siègent à côté de leur mari et
souvent les deux époux ont des clients différents, défendent des parties adverses. Huit ont
obtenu leur inscription au barreau de la cour
suprême des Etats-Unis. L'une d'elles, Mme
Bella-Lockwood, a même été candidate à la
présidence de la République. En août 1893, un
congrès général des femmes avocats s'est tenu
à Chicago, sous la présidence de miss Hélène
A. Martin ; ses revendications ont porté sur
des détails, car le Congrès fédéral a solennelle-
ment affirmé les droits des femmes ; la loi du
15 février 1879 déclare que « toute femme qui
aura plaidé à la barre de la plus haute cour
d'un Etat, d'un territoire ou du district de
Colombie pendant l'espace de trois ans et qui

14.

aura mérité l'estime de la cour par sa capacité et par son caractère pourra être admise à pratiquer devant la cour suprême des Etats-Unis ». Il y a même, dit-on, quatre femmes notaires à New-York.

En dehors de ce pays, miss Almeria Hitchcock, graduée de l'Université du Michigan, exerce la profession d'avocat à Hilo, dans les îles Hawaï. De même deux femmes distinguées, Mlles Léodia Le Brun et Mathilde Thrup, sont avocats à Santiago et plaident devant les cours et tribunaux du Chili.

En politique la femme marche donc rapidement à la conquête de son indépendance. Non seulement elle a, dans un grand nombre de villes, le droit de prendre part aux élections municipales, mais certains États, celui de Wyoming entre autres, l'ont admise aux suffrages purement politiques. Le temps n'est pas loin où cette mesure se généralisera et on peut prévoir l'époque où les femmes seront nommées gouverneurs d'Etat et même présidentes de République.

Mais c'est qu'en Amérique la femme joue un rôle prépondérant et prend souvent une part active aux luttes ardentes de la politique. On la voit dans les réunions publiques, dans les comités ; elle préside les commissions municipales, s'occupe des écoles publiques, des œuvres d'assistance et cela lorsqu'elle est encore célibataire et se trouve livrée à sa propre initiative et n'a pas encore accepté le joug marital. On sait combien est vive la lutte entre les républicains et les démocrates ; au moment des élections on sent partout l'influence de la femme, non pas par une action sournoise et dissimulée comme chez nous, mais par une intervention ouverte, franche et loyale.

En résumé l'Amérique est bien la terre qui maintient la parfaite égalité entre les deux sexes, s'il n'y a pas prépondérance en faveur de celui qui est chez nous considéré comme le plus faible. Ce grand principe a été nettement formulé par Julia Ward Howe : « La femme est l'égale de l'homme, la théorie qui dit qu'elle ne doit pas travailler est une corruption du vieux système aristocratique ; le respect du labour est le fondement de la vraie démocratie. »

J'ai parlé plus haut des femmes nées riches que nous voyons en Europe où elles portent avec tant de grâce les toilettes de nos couturiers parisiens. Celles-là non plus ne sont pas

ordinaires ; elles constituent une classe spéciale
dans la Société; qu'elles habitent New-York,
Londres ou Paris. Je n'entreprendrai pas de les
dépeindre, non seulement parce que j'ai eu
l'honneur et le plaisir d'en connaître un très
grand nombre et que mon tableau pourrait
sembler partial ; mais parce que ces produits
du Nouveau-Monde présentent un caractère,
une saveur qui échappent à toute tentative de
description.

La grande dame américaine ne peut être
comparée ni à la *lady* anglaise, ni à nos com-
tesses du faubourg Saint-Germain, ni à nos élégantes bourgeoises parisiennes ; elle a quelque
chose de tout cela ; mais elle a en outre une
originalité, une indépendance d'allures qui en
fait un type à part qui ne ressemble en rien aux
personnages que MM. Bourget et Sardou ont
essayé d'introduire dans leurs livres ou leurs
pièces de théâtre.

Il y a chez ces jolies poupées de la naïveté
enfantine, de la fantaisie, de l'originalité ; quel-
quefois même une apparence de légèreté ; mais
qu'on étudie plus à fond le personnage, on y
trouve cet instinct d'autorité qui fait qu'au lieu
d'être le jouet de l'homme, elle conduit celui-ci
à sa guise ; on y trouve toujours la plus parfaite éducation.

Elevées en Amérique avec tout le raffinement de notre civilisation européenne, entourées dès leur enfance des meilleures gouvernantes et professeurs, instruites jusqu'au bout des ongles, elles présentent pour la vie du monde les aptitudes les plus étonnantes.

On connaît la petite vanité des milliardaires américains qui aiment à caser leurs filles dans les familles nobles de la vieille Europe. Les lords anglais et nos nobles français viennent au premier rang ; les hobereaux allemands sont moins recherchés. Eh bien ! qu'on place notre jeune néophyte à la cour d'Angleterre, qu'on associe son sort à celui d'un de nos ducs les plus authentiques ; elle sera toujours à sa place et étonnera par sa distinction, par son charme et sa pénétration du monde nos vieux courtisans français les plus experts et les plus raffinés.

C'est que la femme américaine de bonne origine est essentiellement aristocratique et qu'elle reçoit dès l'enfance les principes d'une éducation qui n'a rien d'égalitaire. Elle vient au monde avec l'instinct de la domination et tout, dans son pays, concourt à lui donner la plus haute idée de sa force et de son prestige.

C'est une chose étrange, en effet, qu'une nation

habitée par les hommes les plus énergiques, habitués aux grandes luttes de la vie, ait abdiqué en faveur de la femme.

Quelle que soit du reste sa position, la femme américaine est l'objet d'un respect que nous serions presque tentés de croire exagéré. On considérerait comme le dernier des malotrus celui qui, dans le tramway, ne se lèverait pas immédiatement pour donner sa place à une nouvelle venue ; dans les ascenseurs l'usage veut qu'on tienne son chapeau à la main lorsqu'il y monte une dame ; un homme qui regarderait une femme dans un lieu public avec trop d'attention serait immédiatement déconsidéré.

Toutes ces marques de respect extérieur ne sont rien auprès de l'indépendance et de l'autorité qu'on accorde à la femme, qu'elle soit fille, mariée, divorcée ou veuve.

Au foyer l'épouse a une volonté, une initiative qui déconcerteraient les maris européens ; elle invite qui elle veut, va dîner seule ou avec des amies au restaurant ; lorsqu'elle s'ennuie, elle vient passer quelques mois en Europe pendant que l'homme, resté en Amérique, travaille et produit.

Ces séjours en Europe sont particulièrement intéressants. La veuve momentanée se donne du bon temps (have a good time) ; elle fré-

quente les villes d'eaux, les théâtres, les lieux
publics ; elle coquette avec de nombreux amis
et abuse peut-être un peu du flirtage ; il y a parfois, pour la femme ainsi isolée et abandonnée
à toutes les excitations d'une vie frivole, de
véritables dangers. Des accidents ont lieu quel-
quefois, moins fréquents que ne le prétendent
les Français, mais moins rares cependant que
ne l'avouent les Américains. Mais ce sont là des
sujets qu'il vaut mieux ne pas aborder.

Il est banal de répéter ici que la jeune fille
américaine, plus encore que l'anglaise, ne subit
aucun contrôle et jouit de la liberté la plus absolue. Elle va et vient dans la rue, en tramways
ou en voiture ; elle fréquente les théâtres, les
restaurants ; elle dîne chez Delmonico avec des
jeunes gens ; la présence d'un chaperon suffit
pour permettre toutes ces fantaisies. Le *flirtage*
est pour elle un plaisir et presque une nécessité ;
elle frôle les hommes jusqu'à ce qu'elle trouve
son idéal ou plus simplement sa convenance ;
cela n'est pas toujours facile et il faut souvent
faire bien des saisons à Saratoga, bien des
séjours dans les hôtels de la montagne et parfois
plusieurs voyages en Europe avant d'avoir obtenu du mari possible un engagement formel.

Si nous entendons parler de ces dots monstres
avec lesquelles on a pu redorer bien des blasons

en Angleterre et en France, il ne faudrait pas nous figurer que toutes ces belles élégantes seront convenablement dotées par leurs parents. L'Américain, pas plus que l'Anglais ne se soucie d'amasser pour enrichir un gendre. S'il a beaucoup il donne, mais cela n'est pas toujours le cas.

Comme la pauvreté est la chose que la jeune fille a le plus en horreur, elle reste donc chez ses parents, où elle a le luxe et le confort jusqu'à ce qu'elle ait trouvé un mari capable de subvenir à ses besoins. A part les satisfactions physiques que peut donner la vie maritale, elle est aussi heureuse dans son gai célibat. Elle a les mêmes avantages que la femme mariée, elle reçoit un plus grand nombre d'hommages et peut flirter avec plus d'indépendance. Il est d'usage de se marier tard dans les bonnes familles anglaises et américaines ou une célibataire de 35 ans, qui n'est pas encore considérée comme une vieille fille, entretient toujours l'espoir de fixer un adorateur. La vie passe du reste si vite et si agréablement au milieu des plaisirs du monde alors qu'on a ni les soucis d'une maison, ni les fatigues de la maternité.

Une fois mariée, la femme est infiniment moins courtisée que chez nous et les liaisons illicites, si fréquentes dans le monde d'Europe et surtout à Paris, sont d'une extrême rareté en Amérique.

Quelques esprits jaloux ont voulu expliquer ce phénomène par l'hypocrisie. Non, j'ai vécu trop longtemps avec des Anglo-Saxons pour accepter cette explication. Je n'attribue pas non plus à l'influence de la religion la moralité relative de ces peuples ; mais simplement à l'horreur que les fausses situations et le mensonge inspirent aux Anglo-Américains. J'ajouterai que les besoins physiques sont plus restreints dans cette race. Chez bon nombre de femmes la sexualité est peu ou pas développée et il existe chez les hommes une réserve, une timidité, un respect de la femme qui met presque toujours obstacle à l'accomplissement de l'acte physiologique qui constitue le délit. Mais ce sont là des considérations trop techniques pour être abordées dans une simple esquisse. De tout ce que j'ai vu, de tout ce que j'ai appris pendant une longue fréquentation du monde anglo-saxon, il est résulté pour moi cette conviction inébranlable : la femme américaine occupe un haut degré de l'échelle sociale ; dans les classes moyennes, elle donne l'exemple de l'indépendance et du travail ; dans les classes riches, elle évite la banalité et reste toujours digne ; presque toujours elle mérite le respect et la considération dont elle jouit.

La Vie politique :
La Constitution américaine.

Les hommes qui ont créé les Institutions américaines.
Les premiers possesseurs du sol. Les États-Unis
dérivent de cinq nations européennes. Insuffisance
de la Constitution de 1781. Les 13 Etats réunis en
1788.

Le Gouvernement fédéral. Le Pouvoir législatif. La
Chambre'des représentants. Le Sénat. Pouvoirs éten-
dus du Sénat. Pouvoir exécutif. Pouvoirs du Président de la République. Nomination des huit ministres.

Pouvoir judiciaire. Nomination des juges fédéraux.
Pouvoirs réciproques des gouvernements fédéraux
et locaux. Relations étrangères. Revision de la
Constitution. Organisation constitutionnelle des
Etats.

Pouvoir législatif des Etats. Deux Chambres. Les lois
électorales diffèrent pour chaque Etat. Le Pouvoir
exécutif confié au gouverneur. Pouvoir judiciaire
dans les Etats. Division administrative des Etats.

Administration des villes. Les communes rurales.
Mauvaise administration municipale. Le gaspillage.
Les *Rings*. La corruption des fonctionnaires. Réformes possibles. Quelques commentaires. La Constitution des Etats-Unis comparée avec la constitution
française. Opinion d'un jurisconsulte américain.

« J'estime que la Constitution des Etats-Unis
représente la création la plus admirable qu'ait

produite, d'un seul effort, l'intelligence humaine. »

Telles sont les paroles télégraphiées par M. Gladstone au président de la commission des fêtes du centenaire de la Constitution américaine, célébrées à Philadelphie, en 1887.

Il est probable que le vieil homme d'Etat anglais voulait flatter ses collègues américains en leur adressant un éloge aussi hyperbolique qui n'était, en somme, qu'une flagornerie banale. Néanmoins les Américains ont pris cela au sérieux et ont gravé en lettres d'or l'inscription sur leurs monuments publics.

Ceux qui étudient plus à froid les Institutions américaines et qui en ont vu de près le fonctionnement ne partagent peut-être pas cet enthousiasme. Néanmoins, l'œuvre élaborée à la hâte, à la fin du siècle dernier, par des guerriers qui n'étaient rien moins que des politiciens, œuvre créée à la suite d'une guerre terrible et dans une période d'agitation, présente des caractères remarquables et bien dignes d'attirer l'attention des hommes d'Etat de tous les pays.

C'est sous l'égide de cette Constitution rudimentaire que se sont groupés des peuples de races diverses, habitant sous des latitudes opposées ; c'est grâce à l'élasticité de ce pacte que s'est développée avec une rapidité merveilleuse la plus grande nation du monde. Depuis le Saint-Laurent jusqu'au golfe du Mexique, depuis New-York jusqu'à San Francisco, le mécanisme constitutionnel, organisé il y a un siècle, a fonctionné sans entraves sérieuses et sans avoir subi des modifications importantes, et cependant les peuples jetés dans cet immense creuset, n'ayant aucune conformité de langue et d'origine, ne semblaient pas devoir s'entendre facilement. Qui eût pensé que des colons espagnols, anglais, français, allemands, scandinaves et polonais formeraient en moins d'un siècle un peuple très homogène et admirablement groupé au point de vue politique.

Je ne chercherai pas à approfondir les causes qui donnent à la Constitution américaine ce caractère de grandeur primitive qui lui assure le respect de tous les partis. Il y en a peut-être une qui n'a pas encore été signalée, c'est qu'elle a été élaborée par des hommes simples, désintéressés, sans ambition politique et ayant une foi profonde dans l'avenir d'un pays dont ils pressentaient la grandeur et l'immense développement. Des hommes comme Franklin, Washington, de Gallatin pouvaient seuls suffire à cette tâche, et accomplir en quelques années une œuvre qui a demandé des siècles dans les vieilles nations européennes.

La plupart des Français, même ceux qui sont le plus versés dans la politique, ne connaissent rien de la Constitution américaine. On sait que les Etats-Unis forment une république fédérale, qu'ils possèdent trois pouvoirs : l'Exécutif et deux Chambres ; là se borne pour le plus grand nombre le summum des connaissances sur un sujet qui est cependant plus qu'intéressant.

Je vais donc tâcher de résumer en quelques pages le mécanisme de la Constitution américaine.

Ce qui constitue aujourd'hui le territoire américain provient de colonies créées par cinq nations européennes : l'Angleterre, la France, l'Espagne, la Suède et le Danemark. Je ne parle pas du territoire d'Alaska sur la mer de Behring, qui a été acheté à la Russie, et qui ne peut être considéré que comme une colonie.

Les premiers possesseurs du sol américain furent d'abord les Espagnols qui s'établirent de la Floride au Texas et au Pacifique; puis vinrent les Danois qui s'établirent dans l'île de Mahattan (New-York) à la suite de l'exploration de Hudson en 1609 et 1624; puis les Suédois qui fondèrent un établissement près de Philadelphie sur le Delaware en 1638. Les Anglais, déjà installés à Boston en 1634, réclamaient toute la côte est. Enfin les Français, qui ont découvert et exploré le Saint-Laurent et pris possession de la vallée du Mississipi et des grands lacs.

L'Amérique actuelle dérive donc de ces cinq nations dont les rivalités et les guerres ont amené la formation de la grande colonie anglaise d'où sont sortis les 13 États qui ont proclamé leur indépendance. Cette évolution successive est du reste basée sur le droit du plus fort : les Danois ont expulsé les Suédois ; les Anglais ont expulsé les Danois et les Français ; les Américains à leur tour ont expulsé les Anglais avec l'aide des Français en 1776, puis ils ont, depuis la fondation de leur république, refoulé au sud les Espagnols et les Mexicains. Voilà comment se sont formés les 45 Etats qui constituent aujourd'hui l'*Union*.

Ces détails historiques étaient nécessaires pour faire comprendre l'origine de la grande nation qui, fondée il y a un siècle avec quelques centaines de milliers de colons, compte aujourd'hui près de 80 millions d'habitants.

L'acte qui proclame l'indépendance, adopté par le premier Congrès réuni à Philadelphie en 1776, a été reconnu par la France en 1778. L'Angleterre ne l'a accepté qu'en 1783, après avoir subi les plus humiliantes défaites.

C'est en 1781, au moment où la guerre battait son plein que le Congrès, qui avait proclamé l'indépendance des Etats deux ans plus tôt, a ratifié la première Constitution qui réunissait en un faisceau les 13 Etats (1). Ce n'était là qu'un premier instrument de gouvernement très imparfait, puisqu'il ne faisait pas mention d'un pouvoir exécutif, ni d'un pouvoir judiciaire, ni même d'une législature régulière. Le Congrès se composait des délégués de chaque Etat ; il pouvait déclarer la guerre, passer des traités et faire des emprunts, mais il ne pouvait établir aucun impôt, négocier aucun traité commercial et dépendait absolument des Etats pour son budget et son existence matérielle.

On ne tarda pas à s'apercevoir qu'un tel gouvernement était impossible et une nouvelle Convention, réunie à Philadelphie en 1787, proposa une Constitution qui fut ratifiée par les 13 Etats en 1788 et qui devint la « Loi suprême du pays» en 1789, date de l'élection à la présidence de George Washington.

Cette Constitution, qui n'a été que très légère-

---

(1) Ces 13 Etats étaient alors : New-Hampshire, Massachusetts, Rhode Island et Providence, New-York, Connecticut, New-Jersey, Pensylvanie, Delaware, Maryland, Virginie, Caroline du Nord, Caroline du Sud, Georgie.

ment modifiée depuis sa promulgation, s'appuie sur les bases suivantes :

1° Etablissement d'un gouvernement républicain fédéral avec trois pouvoirs distincts : Pouvoir législatif, Pouvoir exécutif, Pouvoir judiciaire.

2° Pouvoirs et relations réciproques des gouvernements fédéraux et locaux.

3° Organisation et fonctionnement des Etats.

1° GOUVERNEMENT FÉDÉRAL.

Le Pouvoir fédéral est exercé par l'intermédiaire de trois organes essentiels :

A. Pouvoir législatif, *B.* Pouvoir exécutif, *C.* Pouvoir judiciaire.

A. *Pouvoir législatif.*

La représentation fédérale est formée de deux Chambres ayant des origines distinctes :

La Chambre des représentants et le Sénat.

La *Chambre des représentants* se compose actuellement de 356 membres élus par chacun des districts de chaque Etat. Ses représentants sont nommés par le suffrage universel pour deux ans et les élections ont toujours lieu en novembre de chaque année paire. Ils reçoivent une indemnité annuelle de 5,000 dollars (25,000 francs.) Ils doivent être âgés de 25 ans au moins et naturalisés américains depuis sept ans au moment de leur élection.

Quoique élus en novembre, les députés n'entrent en fonction que le 4 mars de l'année suivante et il arrive parfois que le Président ne convoque la session que pour le mois de décembre de la même année.

La Chambre des représentants a seule le droit d'initiative pour les lois fiscales. Toutes les propositions de loi sont renvoyées après une seconde lecture à des comités ou commissions qui divisent l'assemblée en une cinquantaine de sections composées chacune de 4 à 15 membres. La présidence de certains de ces comités est très recherchée par certains hommes politiques. La plupart sont permanents : comité des relations extérieures, comité des travaux publics ; comité judiciaire, etc.

Le *quorum* n'est obtenu que lorsque la moitié au moins des membres assiste à la séance et il n'existe pas, comme en France, cette scandaleuse habitude, qui permet à un député présent de voter pour un ou plusieurs de ses collègues absents. Je n'ai trouvé nulle part en Europe ni en Amérique un usage aussi étrange.

Le président est nommé par la Chambre au commencement de chaque session. Il a un pouvoir assez considérable dans le choix des mem-

15.

bres des commissions, pouvoir dont il use en faveur du parti qui l'a nommé.

Le *Sénat* se compose de deux représentants par Etat, soit actuellement 88 membres. On remarquera que chaque Etat nomme un nombre égal de sénateurs, quoiqu'ils soient bien différents comme surface et comme population. Ainsi, l'Etat de New-York, qui compte six millions d'habitants, a la même représentation que l'État de Nevada qui n'en compte que 45,000.

Chaque sénateur est nommé pour six ans et le corps se renouvelle par tiers tous les deux ans. Ils sont élus au second degré par la législature de chaque État. Ils doivent être âgés d'au moins 30 ans et être citoyens américains depuis neuf ans au moment de leur élection.

Le Sénat n'élit pas son président, qui est de *droit* le vice-président de la République. Celui-ci ne prend pas part aux votes, si ce n'est dans les cas ou l'assemblée est divisée en deux parties égales.

Sauf en matières financières, le Sénat a les mêmes droits que la Chambre des représentants. Il a même un pouvoir plus étendu en ce sens qu'il possède trois prérogatives essentielles :

1° Il peut siéger spécialement comme Cour de justice dans les cas ou le Chef du Pouvoir exécu-

tif est mis en accusation par la Chambre des représentants. Dans ce cas, une majorité des deux
tiers est nécessaire pour valider l'accusation.

2° Il a le pouvoir d'approuver ou d'annuler
les traités, qui ne deviennent valides que lorsqu'ils sont ratifiés par les deux tiers des membres présents.

3° Il a le contrôle sur les nominations de fonctionnaires faites par le président de la République. Il peut approuver ou rejeter les nominations, droit dont il use du reste fréquemment.

Le Sénat pourrait même, selon certaines in-
terprétations de la Constitution, contrôler la nomination des ministres, mais il n'a jamais fait
usage de cette prérogative.

Le seul cas dans lequel le Sénat a siégé comme
cour de justice se rapporte au Président Andrew
Johnson en 1867. La majorité nécessaire pour
obtenir un verdict de culpabilité n'a pas été ob-
tenue.

Les sénateurs ont le même traitement que les
députés (5,000 dollars). Le *quorum* n'est obtenu
que lorsque la moitié au moins des membres élus
assiste à la séance. Ils ne peuvent voter les uns
pour les autres ; mais, de même que les députés,
ils peuvent tenir des séances secrètes, ce qui
est surtout nécessaire lorsqu'il s'agit de discu-
ter la nomination d'un fonctionnaire.

On voit par ce court exposé que, comme en France, le Sénat a une influence considérable. Nommés pour une longue période, ses membres ne sont pas astreints à de fréquentes et coûteuses réélections ; ils n'ont pas à subir les rudes épreuves du suffrage universel et des réunions publiques. Ce système est le grand écueil de la politique américaine et celui qui soulève le plus de critiques dans les milieux politiques avancés. On reproche au Sénat américain, comme au Sénat français, d'être en travers de toutes les réformes, de retarder le vote des meilleures lois. Ce reproche a pu paraître fondé dans beaucoup de cas, mais il n'en est pas moins vrai que le Sénat américain joue un rôle énorme et utile dans le fonctionnement de la Constitution par le contrôle qu'il exerce sur l'Exécutif et sur la nomination des fonctionnaires.

B. *Pouvoir exécutif.*

Le *Chef du Pouvoir exécutif* est nommé pour quatre années par un corps électoral élu spécialement à cet effet et de la manière suivante :

Dans chaque Etat, les citoyens jouissant de leurs droits civils élisent tous les quatre ans (le premier mardi de novembre) un nombre d'électeurs présidentiels égal au nombre de sénateurs et de députés existant pour cet Etat. La réunion de ces délégués nomme le Président de la République.

Celui-ci doit être âgé de 35 ans au moins et né citoyen américain. Il est rééligible ; mais l'usage établi et surtout l'exemple donné par Washington, veulent qu'un président ne puisse être élu pour plus de deux périodes de quatre ans. Le traitement annuel est de 250,000 francs.

Les pouvoirs du Président sont énormes et dépassent ceux de beaucoup de rois constitutionnels. On peut les résumer ainsi :

Il dirige les relations étrangères de la République et négocie les traités (sauf la ratification du Sénat).

Il commande en chef les armées de terre et de mer et commissionne tous les officiers.

Il choisit ses ministres et nomme tous les fonctionnaires.

Il exerce un contrôle général sur toute l'administration fédérale et veille à l'exécution des lois.

Lorsqu'il existe dans un Etat un désordre que les autorités locales ne peuvent réprimer, c'est au Président que les autorités locales doivent s'adresser pour rétablir l'ordre. Régulièrement l'intervention des armées fédérales ne doit s'exercer dans un Etat que lorsqu'elle est sollicitée par le Parlement ou le gouverneur de cet Etat

Néanmoins le président peut, de sa propre autorité, intervenir dans un Etat pour réprimer les désordres graves ; mais il lui faut pour cela un prétexte. C'est ainsi que dans la dernière grève des chemins de fer (juillet 1894), cette intervention a été motivée par ce fait que les grévistes en enrayant le mouvement des trains s'opposaient au bon fonctionnement des postes fédérales.

Le Président a le droit d'initiative devant les Chambres et peut recommander telle mesure législative qu'il juge utile.

Enfin il exerce un droit de *veto*. Ce droit est limité, il est vrai, et s'exerce de la façon suivante : lorsqu'une loi est votée par les deux Chambres elle doit être envoyée au Président. Celui-ci la retourne et, si elle lui paraît inopportune, il présente ses objections et en demande l'annulation. Pour être votée, la loi doit alors repasser devant chacune des deux Chambres et y être adoptée par une majorité des deux tiers. Dans ce cas elle est promulguée ; dans le cas contraire, elle est nulle.

Ce droit de *veto* est largement exercé par les Présidents américains, surtout depuis quelques années où les membres du Parlement avaient fait un véritable abus de lois *personnelles* électorales tendant à donner des pensions et des secours à des individus plus ou moins méritants. Dans un grand nombre de cas le *veto* a été respecté et les lois renvoyées aux Chambres par le Président n'ont pas été adoptées.

J'ai dit que le Chef du Pouvoir exécutif nommé lui-même ses ministres et cela même sans le contrôle du Sénat. Un point capital et qui diffère essentiellement de la Constitution française et de la plupart des Etats parlementaires, c'est que, *dans aucun cas, les ministres ne peuvent appartenir à aucune des deux Chambres.* Les ministres sont les simples collaborateurs du Président, mais ils ne partagent pas sa responsabilité. Il peut donc prendre telle mesure qui lui paraît utile sans les consulter, et les délibérations n'émanent pas nécessairement comme chez nous du fameux *Conseil des ministres.*

L'administration des affaires américaines est en ce moment confiée à huit ministres sous la direction immédiate et efficace du Président ; Affaires étrangères et Secrétariat d'Etat ; Guerre, (*Secretary of war*) ; Marine (*Secretary of the navy*) ; Agriculture ; Justice, fédérale (*attorney general*) ; Postes (*Postmaster general*) ; Intérieur (*Secretary of the interior*) ; Finances (*Secretary of the treasury*).

Il n'existe pas de ministère des travaux publics,

ce qui semble être une lacune dans un pays où sont exécutés des œuvres colossales, et j'ai entendu plusieurs Américains exprimer le désir de voir se créer un ministère spécial. Il n'existe pas, cela va sans dire, de ministère des cultes ; le besoin d'une telle création ne semble pas se faire sentir, malgré le nombre considérable de cultes existant aux États-Unis.

Chaque ministre a un traitement annuel de 40,000 francs.

C. *Pouvoir judiciaire.*

Les juges sont nommés à vie par le président de la République (sauf ratification du Sénat). Ils ne peuvent être révoqués que pour forfaiture (empeachment). Ils sont dans ce cas jugés par le Sénat réuni en Cour spéciale de justice (1).

Les États-Unis ont été divisés pour l'administration de la Justice fédérale en 9 sections ou *circuits*. Chaque circuit comprend une Cour de première instance avec 18 juges et une Cour d'appel. Chacun de ces juges a un traitement de 30.000 francs.

Il existe, en outre, une *Cour suprême* composée d'un chef de la justice (chief-justice) et 8 conseil-

_____

(1) Il n'y a eu, depuis le fonctionnement de la Constitution, que deux juges auxquels le Sénat a retiré leurs fonctions.

lers qui siège à Washington et possède des attributions spéciales. C'est la Cour suprême qui juge les questions concernant les ambassadeurs ou ministres étrangers, ainsi que les questions soulevées entre les Etats. Chaque membre de cette Cour a un traitement annuel de 40.000 francs et le chief-justice touche 42.500 francs.

Tous les partis reconnaissent que la justice fédérale est convenablement exercée et que le recrutement est excellent. Malgré le traitement modique qui leur est alloué (ce traitement est proportionnellement moins élevé qu'en France et surtout qu'en Angleterre) les juges fédéraux passent pour être instruits, éclairés et indépendants.

Il n'entre pas dans le cadre de cette courte notice de spécifier les attributions des Cours fédérales comparées aux Cours qui existent dans les Etats. Je dirai seulement que la justice fédérale s'exerce dans toute l'étendue de la République et a surtout dans ses attributions les conflits pouvant survenir entre les Etats, entre les Etats et les particuliers, etc.

2° *Pouvoirs réciproques des gouvernements fédéraux et locaux.* — Dans un Etat confédéré le pouvoir du gouvernement central est nécessairement limité aux questions générales intéressant la sécurité de la République, ses relations

extérieures, etc. On peut résumer de la façon
suivante les pouvoirs du gouvernement fédéral
américain exercés par le Congrès et le président :

Relations étrangères et internationales.

Guerre, marine ; déclarations de guerre et
traités de paix.

Commerce international, tarifs douaniers.

Postes, télégraphes, voies internationales,
canaux, brevets d'invention, poids et mesures,
questions concernant la naturalisation.

Emissions de papier monnaie, frappe de
monnaies.

Indépendamment de ces attributions, assez
définies, le pouvoir central exerce encore une
action restrictive en limitant la sphère d'action
des gouvernements locaux. En un mot, ils *empêchent* les Etats de faire des lois contraires au
principe même du fédéralisme républicain.

Ces *impedimenta* ont du reste été nettement
formulés dans le texte même du pacte constitutionnel (section 10), de la manière suivante :

Les Etats ne peuvent adopter aucune forme
de gouvernement autre que le gouvernement
républicain.

Ils ne peuvent passer aucun traité avec une
nation étrangère.

Ils ne peuvent frapper monnaie.

Ils ne peuvent conférer des titres de noblesse.

Ils ne peuvent en temps de paix, entretenir des armées de terre et de mer, à l'exception de leur propre milice.

Enfin, il est des restrictions imposées au gouvernement fédéral aussi bien qu'aux gouvernements de chaque Etat par la Constitution même. Ce sont celles relatives à l'exercice des grandes libertés publiques inscrites dans le pacte constitutionnel. C'est ainsi qu'il est interdit de faire aucune loi touchant à la liberté de la presse, à la liberté de parler et d'écrire et à la liberté religieuse. Il n'est pas besoin de dire que, depuis la guerre de sécession, les Etats ne peuvent permettre l'esclavage, ni restreindre les droits civils des hommes de couleur.

Dans quelles conditions peut-on modifier la Constitution fédérale? — Cette question importante, qui agite tant les partis en France, a reçu une solution pratique en Amérique. La Constitution américaine peut être revisée de deux manières :

1° Lorsque les Parlements des deux tiers des Etats sont d'accord sur le principe d'un amendement constitutionnel, ils peuvent requérir du Parlement fédéral la nomination d'une Convention pour préparer ledit amendement. Pour être admis et figurer dans la Constitution, cet amendement doit être accepté par les trois-quarts des Parlements d'Etats.

2° Le Parlement fédéral ou *Congrès* peut, par un vote des deux tiers des membres de chaque Chambre, préparer un amendement et l'envoyer au Parlement. S'il est ratifié par les trois-quarts de ce Parlement ou par les trois-quarts des conventions spécialement promulguées par le peuple à cet effet, il devient amendement constitutionnel.

Tout ce système, compliqué en apparence, a cependant donné de bons résultats pratiques. La Constitution a été modifiée quinze fois, depuis 1786, mais jamais dans ses parties essentielles.

2° ORGANISATION CONSTITUTIONNELLE ET FONCTIONNEMENT DES ETATS.

L'Union américaine se compose de 45 Etats ayant chacun une Constitution républicaine basée sur le principe des deux pouvoirs : le Législatif et l'Exécutif.

Dans chaque Etat, le *Pouvoir législatif* est exercé par deux assemblées : la Chambre des représentants et le Sénat. Les membres de ces assemblées sont élus par le suffrage universel exercé par tous les citoyens sans aucune restriction, une très courte période de séjour étant la seule condition requise pour être électeur.

Le nombre des sénateurs varie, selon la population des Etats, de 10 à 50 ; celui des députés de 20 à 300. Il y a du reste des différences énormes dans la population et la superficie de chaque état : Le plus petit comme territoire (Rhode Island) n'a que 1.900 kilomètres carrés ; le plus étendu (Texas) en a 450.000 ; le plus peuplé (New-York) a près de sept millions d'habitants ; le moins peuplé (Nevada) n'en a que 45.000. Le plus récemment incorporé (Utah, 1895) en compte 25.000. On remarquera que, malgré ces énormes différences de population et de superficie, la représentation sénatoriale au Congrès fédéral est la même pour chaque Etat. Non seulement cette clause a été nécessaire pour obtenir l'adhésion des petits Etats au pacte constitutionnel de 1776, mais elle paraît rationnelle pour établir l'équilibre politique entre chaque Etat et empêcher l'absorption des petits par les grands.

La loi électorale diffère peu dans chaque Etat et il n'est pas intéressant d'en parler longuement dans cette notice. Je dirai seulement que, dans l'Etat de Wyoming, les femmes participent, au même titre que l'homme, aux élections législatives. Il existe du reste dans plusieurs

Etats un fort mouvement dans ce sens, et il n'est pas impossible de prévoir l'époque où les femmes prendront part aux élections politiques aux Etats-Unis. Dans beaucoup d'Etats, du reste, elles sont déjà admises aux scrutins municipaux.

Le Sénat est en général renouvelé tous les quatre ans ; dans quelques Etats le renouvellement a lieu à des intervalles plus rapprochés. Les députés sont soumis à la réélection tous les deux ans.

Le principe de l'indemnité législative est partout admis et le traitement d'un représentant est en moyenne de 25 francs par jour.

De même que dans les législatures fédérales, la Chambre des représentants a seule le droit d'émettre des lois fiscales. C'est du reste un principe admis dans tous les gouvernements parlementaires, à l'exception de la France, de laisser le budget entre les mains des représentants directs de la nation.

Le *Pouvoir exécutif* est exercé dans chaque Etat par un gouverneur élu directement par le peuple pour une période limitée dont la durée varie de un à quatre ans.

Ce fonctionnaire est un véritable président de république ; il commande la milice, est chargé de l'exécution des lois et du maintien de l'ordre. Dans beaucoup d'Etats il jouit également d'un droit de *veto* sur les lois émanant du Parlement. Ce *veto* est purement suspensif ; les lois qui en sont l'objet pouvant être mises en vigueur si elles sont adoptées de nouveau par les deux tiers des membres des deux Chambres.

Le traitement des gouverneurs varie de 5,000 à 50,000 francs. Ce fonctionnaire est assisté par un secrétaire d'Etat nommé également par le peuple.

Pouvoir judiciaire dans les Etats.—Le pouvoir judiciaire est exercé par des juges nommés à l'élection (deux ou trois Etats seulement font exception à cette règle).

Les officiers judiciaires reçoivent un traitement qui varie, selon les Etats, de 10,000 à 50,000 francs. On remarquera qu'il est beaucoup plus élevé que celui des juges fédéraux, qui reçoivent une indemnité moyenne de 25,000 francs. Mais il serait impossible de recruter dans les grands centres, comme New-York et Chicago, des jurisconsultes instruits et indépendants qui accepteraient sans de sérieux émoluments, des fonctions judiciaires sujettes à l'*alea* d'une réélection.

Division administrative des Etats. — Chaque Etat est divisé en comtés (county) qui se divisent le plus souvent en districts urbains ou ruraux.

Les comtés, qui peuvent être comparés aux départements français et aux comtés anglais, sont administrés par un conseil composé de 4 ou 5 membres élus chaque année et pourvus d'une indemnité.

Il est chargé de l'administration des asiles de mendicité, des asiles d'aliénés et même des routes. C'est à peu près notre Conseil général fonctionnant d'une façon indépendante, sous la surveillance de ses électeurs et non sous la férule d'un préfet. Dans quelques Etats cependant, l'administration du comté se confond avec celle des autres districts.

L'administration des districts ou des municipalités varie beaucoup selon les Etats. Je ne puis donc que donner quelques généralités qui s'appliquent aux administrations urbaines et rurales.

Les villes sont administrées par un ou plusieurs conseils élus pour des périodes variant de un à quatre ans. Le plus souvent les administrateurs élus reçoivent une indemnité et consacrent presque tout leur temps à l'accomplissement de leurs fonctions.

Quand je dis qu'il y a plusieurs conseils, j'entends par là l'existence de plusieurs comités élus avec des attributions distinctes. L'un est chargé de la police (board of police), un autre des écoles (school board) ; un troisième des travaux publics. Dans certaines villes le même conseil réunit toutes ces attributions.

Dans chaque ville il y a un maire élu par le peuple et recevant un traitement convenable. En général, ce fonctionnaire a des attributions assez étendues ; il commande la police locale, est responsable de l'ordre et nomme les titulaires d'un grand nombre d'emplois municipaux et même les juges des tribunaux de simple police.

Quant à la *Commune rurale*, elle est très rudimentaire en Amérique et, dans beaucoup d'États, elle n'est soumise à aucune organisation légale. Les habitants s'administrent comme ils veulent, nomment quelques officiers municipaux chargés de gérer leurs affaires et se réunissent une ou deux fois l'an pour entendre un rapport sur cette gestion. On voit qu'il n'y a aucun rapport entre cette administration et celle de nos communes françaises soumises à une loi municipale unique.

De l'avis de tous les politiciens, c'est surtout par l'administration municipale que pèche l'Amérique. Dans les campagnes et les petites vil-

16

les, le système, quoique rudimentaire, est honnêtement et simplement conduit, mais il n'en est pas de même dans les grandes villes qui sont infestées de *Rings*.

Qu'est-ce qu'un *ring* en langage américain ? C'est un politicien ou administrateur municipal qui a érigé le « Pot-de-vin » en principe. Or, si j'en crois les nombreux amis que je compte dans le Nouveau-Monde, le Pot-de-vin est passé dans les mœurs des grandes cités comme le *sou du franc* chez nos cuisinières parisiennes. Lorsque je faisais remarquer à un ami de New-York ou de Chicago que les rues n'étaient pas pavées : « Que voulez-vous, me répondait-on, nous avons les *rings*. »

Voici comment s'exprime à ce sujet M. James Bryce (1), qui passe pour une autorité en matière de politique américaine :

« Les grandes villes sont tombées le plus souvent entre les mains de bandes d'aventuriers sans scrupules qui monopolisent les offices et les émoluments, prélèvent sur tous les contrats

(1) M. James Bryce est l'auteur estimé de plusieurs ouvrages sur l'Amérique : *The American Commonwealth*, 2e vol. 3e Édition. N. Y. 1893 ; — *Social institution of the United States*, 1 vol.— *Constitution and government of the United States in Bœdeker's United States*. Leipsig, 1893. Nous avons puisé largement à ces différentes sources.

pour les travaux publics, augmentent les dettes de la cité, pillent les fonds publics, tandis qu'ils s'assurent souvent l'impunité en nommant leurs créatures dans les fonctions judiciaires. »

Voici, en effet, une triste peinture des mœurs municipales américaines. Nous pensons cependant que M. Bryce a exagéré le tableau pour le rendre plus saisissant. Je me suis beaucoup enquis de cette question de la corruption des fonctionnaires municipaux et je suis arrivé à croire qu'elle n'est pas si générale qu'on le prétend. Je me suis aperçu qu'on mettait souvent sur le compte des *rings* le mauvais entretien des rues, alors que ce défaut d'entretien était dû à une mauvaise administration et, ce qui est plus fréquent, à un budget insuffisant.

De l'avis de tous, cependant, le mal existe et on est unanime en Amérique à reconnaître que l'administration municipale est défectueuse. Le mal tient à plusieurs causes : en premier lieu à l'indifférence des citoyens riches qui ne prennent pas part au vote et s'éloignent volontairement de fonctions qui sont loin d'être honorifiques ; en second lieu, à la présence d'un nombre considérable d'électeurs indigents, le plus souvent étrangers, ne payant aucun impôt et

n'ayant par suite aucune raison de sauvegarder
les deniers publics.

Il y aurait lieu du reste de voter dans chaque
État une loi municipale sur le modèle de celles
qui existent en Europe et plus particulièrement
en France ; il y aurait peut-être lieu également
de restreindre le nombre des électeurs municipaux et de n'admettre que les citoyens payant
un impôt quelconque et par suite directement
intéressés à la bonne administration de la cité.
Mais c'est là une question complexe sur laquelle
je ne me sens pas autorisé à donner mon avis.

Je suis du reste un sincère admirateur de la
Constitution américaine dont le bon fonctionnement, après plus d'un siècle d'expérience, ne
s'est jamais démenti. Tels sont les hommes, telles sont les institutions. Le pacte constitutionnel, signé par les héros de l'indépendance en
1776, est respecté, non seulement par les partis
américains, mais encore par toutes les nations
amies de la liberté. Il faut rendre cette justice
aux citoyens du Nouveau-Monde, c'est que,
depuis la proclamation de leur indépendance,
ils ont toujours tenu très haut et montré comme
un exemple aux nations européennes le drapeau
des libertés publiques. Cette Constitution a traversé les plus terribles révolutions, les crises

économiques les plus désastreuses ; elle est plus vivante que jamais et les partis se succèdent au pouvoir sans penser à toucher à un organisme qui, sans être parfait, a donné à ce grand pays une prospérité qu'il serait puéril de contester.

Je me suis abstenu, autant que possible, dans cette étude, de commentaires pouvant établir des comparaisons entre notre système gouvernemental et celui qui fonctionne depuis un siècle aux Etats-Unis. Je ne puis cependant résister au plaisir de mettre sous les yeux des lecteurs français les paroles prononcées à l'occasion de la célébration du centenaire de la Constitution américaine par M. Samuel Miller, président de la Cour suprême ; elles nous paraissent devoir être connues et méditées par les politiciens des deux grandes Républiques.

« Au siècle dernier, a dit M. Miller, notre vieille alliée la France, suivant rapidement nos traces, abolit la monarchie ; mais, dans les essais qu'elle a faits pour établir une république représentative, elle n'a réussi qu'à fonder une série de gouvernements instables et de courte durée. Il est impossible, pour un Américain familiarisé avec les principes de son gouvernement et l'action de sa constitution, d'hésiter un seul ins-

tant à attribuer ces insuccès du peuple français,
en très grosse part, aux défauts que présen-
taient ses diverses Constitutions dans les points
où elles différaient de la nôtre. Après le renver-
sement du pouvoir monarchique absolu, le premier soin des Français fut de réunir en une
seule assemblée les nobles, le clergé et le tiers
état qui, sous la monarchie, délibéraient sépa-
rément. Après un seul essai infructueux de gou-
verner au moyen de comités délégués par cette
assemblée unique, on en vint, après diverses
alternatives, sur lesquelles je glisse, à remettre
le pouvoir exécutif entre les mains d'un Comité
de sept membres appelés Directeurs. Il suffit de
dire du Directoire que, bien qu'il constituât un
progrès sur Robespierre et le Comité de Salut
public, Napoléon le renversa facilement pour
établir successivement trois consuls dont il était
le chef, puis le Consulat à vie pour lui-même,
et, enfin, l'Empire, où il était tout ; pouvoir
exécutif, législatif et judiciaire.

Pour la troisième fois, aujourd'hui, la France
est en République. Elle a un Président, un
Sénat, une Chambre des députés, comme dans
notre constitution ; mais son Président, élu
par l'Assemblée pour sept ans, n'a qu'un rôle
tout extérieur de représentation ; son action
politique est presque nulle. On supposait que la

longueur du terme présidentiel donnerait plus
de stabilité au gouvernement et rendrait l'action
du Président plus effective. En réalité, le résul-
tat obtenu a été que le Président n'est qu'une
simple figure pour la représentation publique,
un jouet dans la main du Parlement. Sa fonction principale, parfaitement ingrate d'ailleurs,
est de reconstruire perpétuellement des cabi-
nets qui s'écroulent à peine construits, sur lesquels il n'a aucune influence, et qui voient toute
leur politique soumise au contrôle incessant des
députés qui les ont fait nommer. Dans ce système politique, le Sénat, comme la Chambre des
lords en Angleterre, n'a que très peu d'influence
sur la marche du gouvernement, et ne ressemble en rien à notre Sénat dont les membres
représentent des Etats, et qui ont à la fois le
courage et la possibilité de résister, quand ils
le jugent nécessaire, au Président des Etats-
Unis, ou à la Chambre des représentants, ou à
tous les deux à la fois.

Le gouvernement actuel de la France a existé
plus longtemps qu'aucune république ne l'a
jamais fait en ce pays. Le sentiment du peuple
est essentiellement républicain. Tous ceux qui
aiment la liberté dans le monde ressentent pour
ce vaillant peuple les plus ardentes sympathies,
et, comme nous célébrons aujourd'hui le grand

évènement qui a eu lieu, il y a cent ans, c'est-
à-dire la fondation heureuse de la plus grande
république que la terre ait jamais connue, nos
cœurs sont remplis de gratitude au souvenir de
l'appui que ce noble peuple nous a donné à
l'heure du péril, et nous formons ici les vœux
les plus sincères pour qu'il puisse jouir à son
tour des biens inappréciables dont nous avons
la jouissance en Amérique, grâce à la Constitution dont nous célébrons en ce jour le centenaire. »